Prix : 0 fr. 95 Net l'ouvrage complet.

MAURICE BARRÈS
de l'Académie française

Du Sang, de la Volupté et de la Mort

PARIS
MODERN-BIBLIOTHÈQUE
ARTHÈME FAYARD, ÉDITEUR
18-20, RUE DU SAINT-GOTHARD, 18-20

Du Sang, de la Volupté et de la Mort

Porte Maréchale (Bruges).

A LA MÉMOIRE

DE

JULES TELLIER

qui eut la tradition de la langue française.

La tour de Los Picos.

MAURICE BARRÈS
de l'Académie française

Du Sang, de la Volupté et de la Mort

Illustrations d'après les Dessins

DE

FONTANEZ

PARIS
MODERN-BIBLIOTHÈQUE
ARTHÈME FAYARD, ÉDITEUR
18-20, RUE DU SAINT-GOTHARD, 18-20

Monastère de Monte Oliveto.

Sur la mort de l'ami à qui ce livre est dédié.

En juin 1889 est mort un jeune homme de vingt-six ans, M. Jules Tellier, surpris par une maladie au cours d'un voyage d'agrément. Sa vie trop brève et les circonstances ne lui permirent pas de toucher le public, mais cet inconnu savait l'art d'écrire, possédait la tradition des grandes beautés françaises et respectait les maîtres. Il entrait dans leur sentier. On dut, hélas ! dès ses premiers pas y construire son tombeau.

Jules Tellier est né au Havre, le 13 février 1863. Il y eut pour professeur de rhétorique M. Jules Lemaître. En 1882, lui-même entra dans l'Université. Dès l'année suivante, il publia un recueil de vers que j'ignore aujourd'hui encore et qu'évidemment il désavouait. Il passa par Cherbourg, Langres, Constantine et il professait au collège de Moissac, quand je fondai avec lui, par l'entremise de notre ami commun, Charles Le Goffic, une revue littéraire, Les Chroniques, *où il donna des sonnets et ses meilleures proses. L'année suivante, je le vis pour la première fois. Ayant obtenu un congé, il entra dans un journal quotidien de Paris,* Le Parti National, *tandis que j'écrivais au* Voltaire, *et nous liâmes partie, nous plaisant à discuter d'un journal à l'autre. En 1888, il donna, rue de Médicis, chez Dupret (qui publiait* Huit jours chez M. Renan) *un volume sur les poètes contemporains :* Nos Poètes. *C'est une besogne de librairie, avec des complaisances imposées, mais tout de même un livre charmant.*

Si l'on veut connaître la figure de ce Tellier-là qui, vers 1886, vivait avec nous tous, c'est-à-dire avec Stanislas de Guaita, avec Charles Le Goffic, Charles Maurras, Jean Moréas, Paul Guigou, Raymond de La Tailhède et Maurice Bouchor, il faut se reporter aux pages où, près de mourir, Paul Guigou lui rendit un hommage funèbre. Ces amitiés de poètes, interrompues par le destin, ont quelque chose de sacré. On les regarde qui se saluent comme des égaux et l'on croit assister au dialogue des ombres dans les Champs-Elysées.

« Je me rappelle très bien ma première rencontre avec Tellier, dit Paul Guigou... Un assez grand et maigre garçon, l'air absorbé et distrait, entièrement perdu, la première fois que je le vis, dans des vers qu'il déclamait lentement d'une voix basse et un peu sourde. En attendant que sa psalmodie prît fin, ce qui n'arrivait pas tout de suite, j'eus le loisir de l'examiner. Des vêtements et un corps, parce qu'il en faut, sans caractère ni signification, mais la tête tout à fait attachante, une tête aux arêtes précises sans être anguleuses, un front obstiné, la

face plutôt longue, de type un peu ovale, le nez fin, les yeux un peu ardents et sombres, profondément enfoncés sous l'arcade bien construite. Tout dans ce masque empreint d'énergie et de volonté décelait des habitudes de pensée, la concentration et la longue tension de l'esprit... Nulle défiance dans sa physionomie, mais quelque chose de tourmenté, et parfois, répandue sur le visage, une expression morne, je ne sais quoi de las et de frappé qui saisissait. Par intervalles, le fond chagrin de cette figure s'éclaircissait, laissant place à des gaietés. Tellier avait des manières siennes de s'égayer, une façon tranquille de plaisanter et de montrer son érudition des excentricités et des cocasseries littéraires. La bouche alors souriait d'un sourire très bon que scandaient de lents hochements de tête... Ceux qui avaient été insensibles à sa séduction immédiate ne pouvaient résister au charme de sa conversation. De vastes lectures, une mémoire prodigieuse, un art inné de la causerie le servaient dans son enchantement, cependant qu'une facilité peu commune d'enchaîner et de déduire les idées le faisait redoutable dans la discussion, capable d'improviser des argumentations très serrées et de les suivre dans tous leurs détours... Mais ce qu'il aimait par-dessus tout, c'était parler par larges effusions et citer des vers intarissablement. Il en savait par cœur une prodigieuse quantité, ayant fouillé à leur recherche plusieurs littératures. Car il était altéré de l'ivresse divine, jusqu'à l'oubli de lui-même et de toutes choses; il avait faim et soif de poésie. Jules Tellier est mort, a dit M. Anatole France, n'ayant voulu connaître de cette vieille planète, où il devait durer si peu de jours, que les chansons qui passent comme des souffles embaumés sur les fronts brûlants des hommes. Les poètes grecs, les poètes latins, depuis Ennius jusqu'à Claudien et jusqu'à Rutilius Namatianus, tous les poètes français, trouvères, humanistes, classiques, romantiques, parnassiens, symbolistes, emplissaient son âme de concerts. Il est mort et un monde d'harmonies est mort avec lui. »

Je m'attarde et j'oublie que c'est à moi de parler; je suis immobilisé, glacé par cette voix morte de mon ami Guigou qui redonne la vie à notre compagnon. Seul je demeure, mais, à me retourner vers nos trois jeunesses, fais-je un suffisant emploi de mon répit ?

En 1889, Jules Tellier partit en voyage avec le jeune Raymond de La Tailhède. Au cours de mars et d'avril, il publia dans le Parti National *ses notes « De Toulouse à Girone ». Il toucha les frontières d'Espagne et il termina son bref « itinéraire » par ces lignes étranges : « Ceux d'entre nous qui ont le sens de la fuite des choses et l'obsession de la mort certaine, le nouveau les attire peu. Mais ce qu'ils ont aperçu une fois, ils ne peuvent se faire à l'idée de ne le retrouver jamais. Ils ont moins la passion de voir que de revoir. Ainsi de moi. Il y a beaucoup de lieux où j'ai laissé un peu de mon âme. Je sens qu'une parcelle m'en échappe encore, et qu'elle va être désormais dans la vieille cité composite et bizarre, aux sévères escaliers gothiques et aux maisons tendres, couleur d'amourette et d'opérette, et qui ressemble, si l'on osait dire, à un poème de Hugo mis en musique par Offenbach. Ce sera l'un de mes regrets, si je ne la revois pas avant de mourir. » Au mois de mai de cette même année, il composa quelques-unes de ses proses les plus saisissantes, que nous lûmes après sa mort sur des brouillons incomplets. Le 10 mai, il écrivait la page fameuse : « Nous sommes partis d'Alger à midi, et d'abord nous avons traversé des espaces moirés d'un violet laiteux et comme polaire; puis les flots où nous glissâmes furent d'un violet sombre et plus tard d'un bleu gris... » Il revenait en effet d'Algérie. A Toulouse la fièvre typhoïde l'atteignit. On le transporta à l'hôpital. Son compagnon était lui-même malade. Après douze jours, Tellier mourut, le 29 mai 1889.*

Mais, au cri de mon nom sur tes lèvres puis-
[santes,
Quel effroi prophétique a rempli de terreur
Ton esprit agité par des choses vivantes,
Et combien de regrets s'arrêtent dans ton cœur !

Pleure, toi qui connais la tristesse infinie !
Dans la gloire du rêve à jamais disparu,
Je suis venu vers toi comme tu l'as voulu,
Je me suis étendu sur ton lit d'agonie.

Et je comprends, auprès de toi, sur tes linceuls,
Qu'autour de nous la vie humaine se recule,
Et que tous deux, mort et vivant, nous sommes [seuls,
Dans ce dernier isolement du crépuscule...

J'extrais ces grandes strophes, obscures et pleines, de Solitude, *une des trois pièces qui composent le* Tombeau de Jules Tellier, *par Raymond de La Tailhède. Il faudrait les citer sans aucune coupure. Tellier disait justement de ce jeune poète (en 1888) que ses vers sont d'une sensualité troublante et d'une mystérieuse beauté. « Ils me font songer, ajoutait-il, tout ensemble à Leconte de Lisle (pour l'attitude olympienne), à Banville (pour la joie lyrique), à Verlaine (pour les perversités). » Qu'est devenu le magnifique adolescent ainsi loué?*

***

Les soins fraternels de MM. Charles Le Goffic, Paul Guigou, Charles Maurras et de l'héritier que l'agonisant s'est choisi, M. Raymond de La Tailhède, ont assemblé les pages éparses où il a témoigné son génie. Choses nobles et tristes, ces Reliques de Jules Tellier. *Elles évoquent de la beauté, mais elles ne donnent pas tous les traits ni toutes les puissances de l'image qui se maintient encore à mon côté.*

Il a sombré, ne laissant dans l'histoire littéraire, pour indiquer la place qu'il méritait, que cinq ou six cents lignes ! Quelques gouttes d'huile ballottées sur la mer. Les meilleurs, ayant lu les Reliques, *célébreront Jules Tellier dans leur mémoire et diront : « Ce jeune homme avait pris une conscience nette des ardeurs que nous ressentons et il les a congelées dans des paroles harmonieuses. » Bel éloge ! et pourtant j'estime qu'il eût mieux valu mettre dans le cercueil de notre ami toute sa destinée et enterrer avec son corps son âme.*

J'aurais voulu soustraire la mémoire de Jules Tellier au commentaire des personnes de la plus basse qualité qui, chaque jour, traitent de sceptique et de dilettante des esprits comme celui-là, qui fut dédaigneux et passionné. La mise en vente de son œuvre me répugne. Je voudrais assurer à ce mort le plein bénéfice de la mort.

En effet, d'après mes longs entretiens avec Tellier et surtout parce que nous nous accordions à peu près sur toutes choses, je crois pouvoir penser qu'il tenait le succès posthume comme une circonstance dénuée d'intérêt. C'est déjà une étrange manie chez un vivant de se raconter au public. Notre excuse nous vient d'un besoin irrésistible d'observer et de formuler nos sentiments; il s'y joint quelque vanité d'occuper les hommes et de nous faire admirer. Mais ces raisons ne survivent pas à l'agonie. Comment justifier un littérateur d'outre-tombe ? Puisqu'à Jules Tellier la vie échappa, il fallait lui laisser la juste compensation d'échapper lui-même à la vie. Les plus mortes morts sont toujours les meilleures.

Je fus seul dans mon opinion. Du moins le livre évitera le vulgaire : on l'a réservé pour des souscripteurs, et par ce détour M. Raymond de La Tailhède maintient à sa publication le caractère réservé que je souhaitais.

Ainsi survivent les proses glacées où notre compagnon, qui aima fiévreusement l'amitié, la beauté et le désespoir, a amalgamé dans une matière admirable ses trois complaisances. Comme s'il avait prévu que ces morceaux ne paraîtraient jamais qu'avec le liséré d'un faire-part, il leur a donné à tous la majesté de la mort. Le Discours à la Bien-Aimée *qui commence par ces mots :* « Je suis né, ô bien-aimée, un vendredi, treizième jour d'un mois d'hiver, dans un pays brumeux, sur les bords d'une mer septentrionale », *la divine paraphrase du poète Rutilius Namatianus intitulée :* Rerum pulcherrima Roma, *puis le nocturne qui débute :* « Nous quittâmes la Gaule sur un vaisseau qui partait de Massilia, un soir d'automne, à la tombée de la nuit »; *et cet autre :* « Vous avez abusé du chant divin et vous en avez fait je ne sais quoi de mécanique et de machinal où vous vous complaisez et dont vous mourez », *tous ces discours ardents ont le timbre des chants que l'Eglise psalmodie sur les cercueils. Il s'en exhale un parfum semblable à l'odeur que laissent dans les temples les fleurs et la cire des enterrements.*

Dans cette prose d'un sombre éclat, je distingue l'image confuse, mais certaine, de Tellier. Ces phrases, faisant miroir à la façon des bois durs et des métaux polis, nous reflètent l'essentiel de sa physionomie et le dessin de son attitude, comme s'il se courbait encore sur elles pour les travailler.

Mais elles gardent mieux que le regard enfoncé et droit, que le rare sourire et que le front entêté de notre ami; par la magie de son art et l'intensité de sa passion, il y a solidifié les traits principaux de l'univers trouble et profond qu'il portait en lui comme un chant difficile et continuel. Plusieurs, qui croyaient le connaître et qui ne fréquentaient que sa partie périssable, apprendront de cette œuvre, aussi courte qu'une inscription funéraire, à respecter l'adolescent qu'ils enterrèrent sans convenance.

Jules Tellier avait l'extérieur le plus grisâtre qu'on pût imaginer, un long corps, une figure terne avec des arêtes vives, mais dans les yeux une ardeur si douloureuse que nulle âme de qualité ne l'approcha sans se sentir pénétrée de cette même fièvre qui effrayait en lui. Je n'entendis jamais de voix plus sourde, et la puissante monotonie avec laquelle il déroulait, dans une langue d'une merveilleuse solidité, ses explications de logicien du sentiment faisait un inoubliable contraste de frénésie et de glace. Il ressentait violemment les insuffisances de la vie, mais il les acceptait. Nul moins que lui ne fut un révolté. Nous rendions en commun un culte à Sénèque, qui fut peut-être le thème le plus fréquent de nos entretiens. La constitution délicate, l'inquiétude et l'indulgence de ce grand calomnié nous enchantaient. Bien supérieur aux stoïciens dont il se réclamait, Sénèque accepta la vie de son siècle sans rien en bouder; seulement toutes ses relations avec les choses et avec les hommes étaient commandées par le sentiment intense qu'il faudra mourir et que nous vivons au milieu de choses qui doivent périr. L'ascétisme très réel de Sénèque n'est pas de se priver, mais de mésestimer ce dont il use. Par là, mieux qu'aucun, il enseigne la résignation, mais chez lui jamais elle ne prend de basses attitudes. Il fut le maître de Jules Tellier.

Si les affres de l'agonie ne furent pas trop douloureuses à mon ami, — et je ne pourrai avant que les années aient empli d'ombre son souvenir supporter là-dessus plus de lumière qu'il n'en est dans les vers obscurs et pathétiques de La Tailhède, — je suis assuré qu'il a passé sans amertume et plutôt avec un sentiment de délivrance. Son visage avait une extrême douceur dans cet affreux hôpital de province où il fut porté sur la civière des malades abandonnés. Pauvre visage de vingt-six ans qui, dès les premières atteintes, se détourna vers la mort.

Quand les médecins ne s'inquiétaient pas, il l'avait déjà entendue, comme on devine dans l'escalier le pas d'une personne qui possède notre cœur. Et moi aussi, je savais, d'une certitude absolue, qu'il mourrait jeune et d'une embuscade imprévue. Jamais je ne vis une figure plus marquée pour toutes les injustices. Ce pressentiment, M. Jules Lemaître, qui aimait et comprenait son ancien élève, me l'avait communiqué. Tellier avait coutume de parler d'une joie lumineuse et pure qu'il entrevoyait sans pouvoir en jouir, d'une joie qui, disait-il, naissait sans cause et s'exaltait sans but, véritablement surnaturelle. Il exposait que cette joie se meut suivant le rythme des plus beaux vers et que les grands lyriques irréfléchis seuls en donnent quelque idée. Il la vantait de ce qu'elle nous fait échapper à l'ordinaire de nos soucis et même au remâchement de nos rêves. Il croyait que, par un privilège fort rare, certains êtres en sont pénétrés avec cette plénitude ineffable que nous ressentons quand nous contemplons, par quelque matinée, la jeunesse du printemps, ou bien un coucher du soleil sur la mer. Il insistait surtout pour me faire entendre que cette joie emprunte l'essentiel de tous les bonheurs, et rejette ce qui est en eux de particulier et de périssable. En vérité, n'était-ce pas la joie de la délivrance qu'il célébrait?

Visiblement son être, à la veille de se transformer dans la mort, commençait à se délivrer de sa part d'humanité. Quand la vie en nous baisse le ton, nous croyons sentir

Idéologies Passionnées

NOUS NOUS ATTRISTONS DES MASQUES.

un être nouveau qui naîtra de notre cadavre et qui déjà s'agite. Ce n'est point notre médiocre existence qui aurait pu donner à Tellier les éléments de la joie dont il nous faisait des images nettes et lumineuses. Universitaire courbé sur de petits collégiens de province, puis jeune homme orgueilleux et timide qui fait à Paris ses premières et lentes démarches vers la notoriété, il avait le droit de penser qu'après tout cela les difficultés intérieures et extérieures, scrupules d'art et blessures de débutant, disparaîtraient; mais qu'importait au Tellier de la vingtième année les satisfactions probables du Tellier quinquagénaire ? C'est d'un homme trop irréfléchi de se consoler avec des espoirs. Celui-ci d'ailleurs, comme tant de voluptueux, de la réalité n'utilisait que les tristesses.

Est-ce la désolation de ses derniers jours qui jette un flot de sépia sur toute l'image que je conserve de Tellier ? J'ai de ce cher mort un souvenir insupportable. Et c'est en même temps un souvenir d'une netteté si pressante que mes nerfs sont ébranlés de la certitude absurde qu'il va revenir et m'apparaître dans la chambre peu éclairée où, sur ce papier, je rajeunis notre deuil. Je sens trop qu'avec ce grand poète est morte une partie de moi-même; des cellules de mon cerveau désormais demeureront paresseuses parce qu'elles ne travaillaient que pour le plaisir de s'accorder avec lui.

Ce n'est pas celui qui mourut à vingt-six ans que je plains, mais ceux dont son esprit faisait le complément. Le plus attrayant des jardins m'ennuie, s'il a perdu son âme. Certaines cultures intensives du moi deviennent douloureuses, passée la première fougue, si nous ne pouvons pas en discuter les résultats avec quelque maniaque de notre race. O vastes solitudes de la supériorité ! Quand tel ami, d'une santé trop chancelante, me manquera comme a fait Tellier, je laisserai peut-être en friche certaines régions de ma sensibilité. Il advient parfois qu'un jardinier délaisse ses plus belles tulipes, du jour que meurt un amateur avec qui c'était son bonheur d'exaspérer son ardeur.

DISCOURS

Prononcé au Havre, Square Saint-Roch, le 27 octobre 1895, pour l'inauguration d'un

BUSTE DE JULES TELLIER

MESSIEURS,

Précisons le sentiment qui nous assemble aujourd'hui pour rendre hommage à la mémoire de Jules Tellier.

Il peut arriver qu'une seule mort amoindrisse toute une génération. Chateaubriand suicidé dans le bois de Combourg, Stendhal gelé dans la retraite de Russie ou Lamartine noyé avec Elvire sur le lac du Bourget, les formes qu'ils créèrent, c'est-à-dire la prose romantique, la poésie lyrique et le roman d'analyse, eussent apparu quand même en ce qu'elles ont de général, car la littérature antérieure les commandait, mais nous serions privés d'œuvres qui nous soumettent encore aux agitations et aux modes de l'Empire et de la Restauration. Je ne préciserai point les qualités que Jules Tellier eût mises dans la littérature de la troisième République, je ne puis calculer exactement l'effort dont il appuierait à cette heure les tentatives de ses compagnons ; mais ce monument est commémoratif de l'injuste diminution que nous avons subie : il plaidera pour nous auprès de la postérité. Si l'histoire littéraire constate que, dans notre temps, l'art d'écrire et de penser fut compromis par des illettrés qui étaient en même temps des esprits domestiqués, elle ajoutera qu'une trahison du sort nous avait privés d'un Jules Tellier, en qui l'on reconnaissait un « mainteneur » du grand goût classique.

Ce jeune homme, qui grandit obscur dans votre ville, puis fut notre collaborateur à Paris, portait en lui les principes d'une œuvre éclatante, et, s'il ne lui fut point donné d'accomplir tout son parcours, ni même de laisser calculer son plus haut point, cependant, par nos soins communs, son nom demeurera coloré d'une aube de gloire.

Dans le même esprit qui nous assemble, une génération antérieure s'est préoccupée de placer, dans les bagages qu'elle adressait à la postérité, l'œuvre d'un Maurice de Guérin, mort, lui aussi, trop jeune et de qui l'admirable *Centaure* est précisément ce que je sais de plus convenable à rapprocher des proses de Jules Tellier.

La tristesse et l'harmonie de leurs génies, aussi bien que leurs destinées, les associent dans notre imagination, quand nous protestons contre les gaspillages de la nature.

Messieurs, nous avons bien agi en marquant sur une de vos places publiques le passage de votre compatriote. Ce buste ajoutera indéfiniment à votre capital intellectuel ; ce n'est pas en vain qu'à vos fils il proposera le noble visage d'un poète.

Le sculpteur Bourdelle n'avait rencontré Jules Tellier que trois fois. Cette parfaite ressemblance, il l'a modelée d'après ses souvenirs, confirmés par de pieuses indications. On doit admirer combien il s'en fallut de peu que la figure de notre ami, surpris par la mort, disparût totalement. Songeant à ses *Reliques* et à ce buste, nous pouvons dire que, ses traits aussi bien que son œuvre, nous les avons disputés à la tombe.

Aussi, sans contester la tristesse de Tellier ou plutôt la noble gravité qui fut son expression familière et qu'indique le bronze, je crois que nous devons, à la suite de cette journée, emporter de ce prince de la jeunesse une image plus rassérénée.

Il faut que les vivants s'appliquent à n'entendre des morts que des paroles d'encouragement et de confiance. Jules Tellier laisse quelques pages admirables, sa ville natale lui rend un hommage public, voici groupés en couronne les amis qu'il avait choisis et qui le reconnaissent avec une tendre affection. Bannissons désormais notre deuil, parce qu'ici est honoré notre précurseur dans la gloire ouverte et promise à notre groupe littéraire.

Un amateur d'âmes

I

L'EXALTATION DANS LA SOLITUDE

Le paysage de Tolède et la rive du Tage sont parmi les choses les plus ardentes et les plus tristes du monde.

Qui les fréquente n'a que faire de considérer le grave jeune homme, le *Pensieroso* de la Chapelle Médicis; il peut aussi se dispenser de la biographie et des *Pensées* de Blaise Pascal. Du sentiment même qui est réalisé dans ces grandes œuvres solitaires, il sera rempli, s'il s'abandonne à l'âpreté tragique de ces magnificences délabrées sur ces hautes roches.

Un tel fond de paysage nous ramène de force à une vue générale de la nature et à cette philosophie d'ensemble qu'il est nécessaire de conserver, quand on se livre à la volupté de saisir des finesses de sentiment.

Tolède sur sa côte, et tenant à ses pieds le demi-cercle jaunâtre du Tage, a la couleur, la rudesse, la fière misère de la sierra où elle campe et dont les fortes articulations donnent, dès l'abord, une impression d'énergie et de passion. C'est moins une ville, chose bruissante et pliée sur les commodités de la vie, qu'un lieu significatif pour l'âme. Sous une lumière crue qui donne à chaque arête de ses ruines une vigueur, une netteté par quoi se sentent affermis les caractères les plus mous, elle est en même temps mystérieuse, avec sa cathédrale tendue vers le ciel, ses alcazars et ses palais qui ne prennent vue que sur leurs invisibles patios.

Ainsi secrète et inflexible, dans cet âpre pays surchauffé, Tolède apparait comme une image de l'exaltation dans la solitude, un cri dans le désert.

C'est sur les rudes pentes qui cerclent l'horizon de Tolède et encaissent à pic le

Tage, que Delrio avait relevé les ruines d'une maison de plaisance mauresque, l'un de ces *cigarrales* fameux où Tirso de Molina réunit des causeurs analogues à ceux qui devisaient, sous les yeux de Boccace, dans la villa Palmieri, entre Fiesole fleurie et Florence empestée.

Des bâtiments d'un ton orange, un patio avec de beaux puits aux margelles dégradées de marbre, quelques lauriers difficilement entretenus dans ces ravins brûlants, une atmosphère de parfums extraits par le soleil des lavandes et des benjoins de la montagne, une vue sublime enfin et qui impose des associations d'idées sur la solitude, la mort et la beauté, voilà quel était son domaine sous ce ciel où jamais ne passe une vapeur.

Delrio poussait jusqu'à la passion la curiosité de toutes les énergies. C'est ainsi qu'avec un certain mépris de soi-même il jouissait d'un mot juste et fort de Napoléon à Sainte-Hélène : « J'ai eu l'art de tirer des hommes tout ce qu'ils peuvent donner. » Dans cette déclaration, il reconnaissait celui qui sut créer des individus. Il croyait entrevoir qu'il est quelque méthode sûre pour donner des passions à des cerveaux. C'est peut-être une fausse conception. Pour agir, l'essentiel ne serait-il pas la collaboration des circonstances? Mais il goûtait dans cette idée simpliste la sensation puissante d'envisager le développement historique comme déterminé par des volontés.

Avec cette ardeur pour la domination, il n'avait su s'employer qu'à restituer de l'âme aux vieilles pierres. Le secret de son impuissance était qu'il tendait à tout examiner du point de vue de l'éternité : il ne considérait les choses qu'en leur développement, et il lui était impossible d'exagérer les hommes et les faits du jour comme il le faut pour agir sur ses contemporains.

Des torrents de poésie s'amassaient en lui, d'autant qu'il ne les utilisait pour la roue d'aucun moulin. Parmi ces ruines et tant de folles énergies qu'elles évoquent, assez rassuré sur ses intérêts pour en avoir de l'insouciance, il s'abîmait en des rêveries ardentes auxquelles il ne savait point fournir d'autre objet que soi-même.

Par son caractère d'éternité, son aspect hors des siècles, Tolède, sur qui ne marquent plus les années, tant elle est vieille, ni les événements, tant elle est légendaire, contentait profondément cette imagination contractée. Cette exaltante Tolède, voilà la complémentaire désignée pour un être dégoûté au point que, dans les arts, seuls l'eussent éveillé les violents raccourcis de Pascal et de Michel-Ange, qui eurent l'âme solitaire et tendue.

Il avait offert à un ermitage, son voisin sur ces roches décharnées et dont le vent du Tage chaque soir lui apportait les sonneries, des cloches du même timbre que possédaient celles qui avaient sonné durant son enfance. Non point qu'il gardât dans cette patrie élue un souvenir pieux de son village de France, mais c'était curiosité et complaisance à l'égard du petit garçon qu'il avait été. « Celui-là, pensait-il, n'avait encore rien ajouté à sa nature sincère. A fleur de peau, je laissais voir alors cette part essentielle que je ne puis plus retrouver en moi et sur laquelle il faut agir pour émouvoir profondément un être. »

Parfois, des hautes terrasses de son domaine, il considérait un nageur perdu tout en bas dans les flots jaunâtres et rapides du Tage, pauvre bonhomme s'efforçant et pareil tout entier à une pince de homard qui s'ouvre et se ferme. « Brave petit être, se disait-il, comme il est touchant quand il fait son travail âprement et tout seul comme une bête! Il n'est prince ni génie qui ne doive se démener des quatre pattes, s'il tombe à l'eau... Voilà le geste instinctif! Il veut se conserver!... A quel sentiment faire appel, dans la vie de civilisation, qui soit aussi constant chez les individus que le sens de la conservation? Sur quelle base prendre un appui dans les âmes désintéressées pour les dominer? »

C'est au milieu de ces préoccupations de machinisme moral qu'il en vint à songer à une fille que son père avait eue d'un amour adultère.

Sa sœur! et dans sa dix-neuvième année! Ce souvenir répandit en lui un sentiment de fraîcheur et de volupté. Il désira se l'attacher parce qu'il la devinait formée selon son cœur.

Toute petite, elle avait dû partir pour l'Egypte avec sa mère chassée pour ses déportements. Orpheline maintenant, elle vivait chez des parents à Dresde. Elle accepta de quitter la terrasse de Brühl pour la sierra tolédane.

De tout son voyage, comme elle le dit par la suite, elle retint seulement que des pleurs sans cause lui montaient aux yeux quand le train traversait des villes violemment éclairées sous l'immense soleil de la nuit.

Simone n'était pas une beauté parfaite, mais un teint mat, une peau délicate faite pour le contact des perles, un regard triste et un peu perdu dans le rêve, une légère moiteur dans sa main d'enfant qui cherchait et pressait les doigts de son frère pour lui demander protection, composaient un ensemble attendrissant de douceur, de grâce et de gaucherie.

Cette petite fille, avec de grandes révérences, dans des robes évasées et claires, c'était, pour qui la comprenait mal, la perfection glacée d'une très jeune femme dans quelque cérémonie d'apparat, mais là-dessous palpitait un cœur capable des plus beaux désordres.

Enfant, elle avait pleuré quand on faisait des plaisanteries contre le pape. Sa religion s'était beaucoup développée à être contredite par les protestants. Toute cette petite morale d'enfant de Marie n'est médiocre que si nous la croyons intéressée, hypocrite, mais il y a des cœurs où de tels sentiments ont été posés de naissance et si profond qu'ils fleurissent en mille touffes de poésie.

Sans doute, la mère de Simone, inquiète de ses égarements, avait tenté d'adoucir Dieu par les minuties de sa dévotion, et de l'enfant de son péché avait fait un ex-voto.

Ce temps-là fut le plus heureux dans la vie de Delrio. Nul voyageur de quelque intérêt ne traversait l'Espagne sans une lettre pour la villa de Tolède, et bien peu s'y présentaient qui ne fussent retenus quelques jours. Sa sœur auprès de lui, il put recevoir plus aisément des femmes, société dont il avait le goût. Simone avait le scrupule de toutes les choses délicatement ordonnées. Les hommes sont toujours sensibles à la règle que leur propose une jeune beauté. D'une maison ouverte jusqu'à paraitre une hôtellerie, elle fit une petite cour. Elle sut baisser les voix et mettre autour de Delrio une atmosphère de politesse favorable à leurs magnifiques contemplations. Une certaine étiquette satisfera toujours, et de la même façon que le silence d'un cloître, ceux qui cultivent un rêve personnel un peu intense. En atténuant les mouvements de la spontanéité dans l'ordinaire de la vie, on donne plus de valeur aux sentiments rares : on les dégage. C'est ainsi que, sur un monument, de grands espaces plans laissent mieux chanter le motif architectural.

Dans l'origine, Delrio, parce qu'il aimait la volupté, avait entrevu de vivre en Lombardie, où c'est presque la douceur viennoise, sur les lacs Majeur ou de Côme : mais les jardins aux syllabes chantantes, Melzi, Sommariva, Giulia et le vieux port de Pallanza eussent moins contenté son âme que ces pentes pauvres et fortes de style comme les sentiments qui faisaient son ressort. Depuis les *cigarrales* de Molina détruits, les côtes de Tolède, où de maigres ânes pâturent les branches dures et sèches d'un genêt fortement parfumé (le *zetama macho*), s'étaient refusées à porter des roses. Simone convainquit deux ou trois plants de réapparaitre. En poliçant tout autour d'elle, cette sœur dispensa son frère de rien regretter : sous cette lumière crue, sur ces montagnes d'une vigueur presque cruelle, elle lui fut un jeune jardin.

Elle était toujours vêtue de jaune et de violet, couleurs violentes qu'il préférait à toutes et dont les combinaisons le baignaient d'un plaisir sensuel. Par une bizarrerie d'imagination, il l'avait priée de ne porter comme lingerie que de rudes et grossières toiles ; il lui plaisait que cette façon de cilice atténué le liât constamment, dans l'esprit de la jeune fille, à une gêne d'ordre si intime.

Il passait la journée tout seul, mais, vers six heures, il aimait à sortir avec elle. Le déclin du jour l'émouvait ; les fleurs se colorent, les contours s'accusent, tout s'avive et prend la parole. Il avait fait dessiner dans la montagne une allée en terrasse sur la vallée du Tage et sur Tolède. Le plus doux et le plus âpre des balcons, sur un pays noble et désert comme la mer, mais immobile autant qu'un cimetière. Souvent ils allaient s'asseoir sur un des bancs disposés là, et son grand plaisir, c'était de lui demander ses impressions d'enfance, alors que, petite, elle fuyait avec sa mère dans le rose pays d'Egypte.

De maigres anes paturent.

Elle était faite pour la conversation des anges, tant elle montrait de sincérité et de sérieux dans l'énumération de ses sentiments. Nul de ses mots ne déformait sa pensée. Elle exprimait parfois des sensations qu'on peut dire mauvaises, mais cela se trahissait naturellement à la surface de ses paroles, comme les couleurs changeantes d'une gorge de pigeon ; elle n'y mettait pas d'intention et, à bien examiner, ce n'étaient jamais des choses basses. Delrio comprit assez vite qu'auprès de cette petite sœur l'ironie et la méfiance étaient de lourdes inconvenances. Il prit le parti de ne jamais l'interroger, car la plupart de ses questions n'avaient pour elle aucun sens. Exactement, il s'en tenait à la respirer, et quand elle avait dit de certaines choses très spéciales que lui ressentait aussi, il l'embrassait.

Tout en bas, à leurs pieds, des cavaliers, si petits à cette distance, mais très nobles quand même, traversaient le pont Saint-Martin sous les hautes portes. Le tintement des mulets venait jusqu'à eux, chaque grelot détaillant sa note avec netteté dans l'air sec et chaud. La transparence supprimait les distances au point que, placés hors Tolède, ils vivaient toujours au milieu. On distinguait, dans cette lumière incomparable du soleil déclinant, des voyageurs étrangers avec leurs guides sous le bras, et il y avait entre l'inquiétude vers le bonheur de ces pauvres errants et la magnificence éternelle de ce cirque un contraste dont le sentiment confus animait ce couple silencieux... O lumière ! splendeur sur la ruine de cette antique métropole !

Sitôt le froid de la chute du jour, comme il s'emplit, ce paysage, d'une tristesse déchirante !... Un soir, à l'*Ave Maria*, qu'elle avait ses yeux bleus plus grands ouverts et ses lèvres pâlies par la mélancolie du crépuscule, un mot vint aux lèvres de son frère : « O ma Pia ! » Si douloureuse et secrète, elle évoquait pour lui les vers mystérieux de Dante. Egalait-il ce cirque de Tolède en sublime de désolation, le mont expiatoire où le grand poète rencontra celle qui disait : « Souviens-toi, je suis la Pia. Sienne m'a faite, la Marenne m'a défaite. Il le sait,

Des cavaliers traversaient le pont Saint-Martin.

celui qui plaça l'anneau du mariage à mon doigt! »

Ce milieu qui cultivait les sentiments jusqu'à l'excès était précieux à la jeune fille, mais en même temps la détruisait. Elle s'y faisait et s'y défaisait.

Delrio la caressait et la consolait jusqu'à

La vieille église de los Reyes.

ce qu'elle eût sous les paupières des larmes qu'il baisait avec une telle compassion que son cœur se brisait délicieusement. « Il me semble, lui disait-il, que j'ai plus de plaisir à te presser dans mes bras que n'en eut notre père à te donner la vie. »

Sur le lac Majeur, dans l'étroite Isola Bella, les Borromées ont accumulé toutes les flores. Sous un bois de lauriers, exquis d'obscurité, d'élégance et de fraîcheur, mon pas fit lever vingt colombes, mais si lourdes que j'eusse pu les prendre dans ma main. Qui n'auraient-elles pas touché, demi-ivres ainsi des parfums concentrés sur ces terrasses trop étroites par tant d'arbres de tous les climats! Une telle atmosphère, composée malgré la nature, n'est point respirable. S'y prêter, c'est perdre la notion des réalités. De là le sans-défense des vierges nourries dans les temples.

Cette petite fille pure était tout à la fois choquée, comme d'un cynisme, d'une certaine indifférence que cet amateur d'âmes montrait à l'égard des abstractions, des principes, et attendrie de la sympathie qu'elle lui voyait pour ses minuties sentimentales d'être tout jeune :

— Mon frère, lui disait-elle, il y a des minutes où je ne vous estime pas, et puis, à d'autres instants, je vois bien que vous êtes meilleur que moi!

Elle était étourdie par tant de sentiments cultivés sur leur balcon du Tage et si peu faits pour être réunis. Ses petites pensées alourdies peu à peu s'effarouchaient moins, et Delrio la prenait toute dans sa main.

La Pia avait un peu d'anémie, comme beaucoup de jeunes filles romanesques. On lui conseilla de prendre de l'exercice. La terrasse de San Juan de los Reyes est le seul coin de cette ardente Tolède où l'on trouve encore de l'ombre à neuf heures du matin. Elle la prit pour but et venait s'y asseoir. Des enfants sans mouchoirs ni chemises voltigeaient autour de la jeune fille comme des mouches sur un morceau de sucre. Et des grandes personnes, scandalisées qu'ils obtinssent des piécettes, leur criaient en passant, d'une voix gutturale : « Hombre! »

Cette vieille église de los Reyes, tendue à l'extérieur des chaînes portées chez les Barbaresques par des prisonniers chrétiens, fut un cimetière des grands d'Espagne, et notre Soult, l'injurieux, y mit une écurie. Toutefois, si Conchita, Concepcion, Dolorès, Remedios et ce tas de petits garçons qui passent leur temps à guider les étrangers, à guetter les hirondelles et à lapider les ânes, se réunissent toujours dans cette ombre, ce n'est pas en commémoration des tombes que foulèrent des chevaux de soudards, mais parce que le parvis domine l'abattoir.

L'abattoir, dans les villes pauvres, supplée au cirque des taureaux. Pour faire entendre à la Pia ce qu'était ce grand bâtiment à ciel découvert où leurs yeux, jamais fatigués, plongeaient là-bas, là-bas, ils lui tapaient sur la nuque avec une familiarité gentille et faisaient en même temps le geste de mourir ou plutôt de dormir, avec la langue soudain hors la bouche; — ce qui intéressait ses nerfs en la dégoûtant un peu. Enfin, elle parut comprendre! Pour la confirmer et par modestie, ils lui disaient en se frappant, tous, leurs ventres : « El toro para nosotros » et, en lui désignant le sien : « La vacca para usted. »

La misère dépeuple ces ruines magnifiques. Pour s'entêter à vivre, les petits habitués de la terrasse de los Reyes doivent avoir une merveilleuse vitalité. Ils maintiennent Tolède. Ils sont une parcelle importante de l'énergie espagnole. De là, chez ces guides tout à fait ignorants, un instinct très sûr des points caractéristiques de leur cité. Ils voulurent que la Pia vît la prison.

Tolède, sans cesser d'ailleurs d'être fière, glisse jusqu'au fleuve avec les décombres de ses palais mêlés à ses ordures. Sur ce sol ruineux et vers le bas de ce ravin mouvant s'élève le sombre édifice. Les cachots sont flanqués d'une cour, dont les hauts murs permettent cependant que des points les plus élevés de la ville le regard effleure les têtes des prisonniers.

Les enfants rêvaient que la Pia séduisît le gardien; ils négocièrent, elle fournit la monnaie. Tous alors suivirent un étroit passage ménagé sur la crête des murs; ayant à droite le gouffre du Tage, à gauche la fosse des prisonniers, ils gagnèrent, entre deux vertiges, une audacieuse guérite de pierre où veillait un gendarme. Ainsi perchés, ils ne se lassaient pas d'admirer les voleurs et les assassins assis dans leur fumier autour d'une fontaine : gens rudes et d'une odeur espagnole un peu forte pour les narines d'une étrangère.

Un abattoir, une prison sous une splendeur de lumière qui impose partout le silence, voilà bien la ville espagnole essentielle.

C'est un exil qu'un tel milieu.

La Pia s'attacha plus spécialement une petite fille qui suivait la bande avec tous ses trésors : une boîte d'allumettes anglaises et une paire de souliers fortement ressemelés, à propos desquels elle avait le sourire d'un orgueil qui ne peut se contenir. A la passion qu'elle montrait de ces puissants brodequins, la Pia reconnut combien cette petite était voluptueuse. Le troisième jour, elle apprit qu'ils n'étaient pas à l'enfant, mais qu'on lui permettait de se les mettre aux mains un petit instant chaque matin. C'était un orgueil de reflet! Et voilà pourtant l'unique sentiment d'une qualité d'humanité abordable qu'à dix-neuf ans la Pia rencontrait, dans le silence de ces espaces pétrés qu'elle pouvait contempler aux seuls instants où le soleil passe derrière un nuage orageux.

Les jeunes gens assez nombreux qui fréquentaient chez Delrio, Espagnols ou plus souvent étrangers, considéraient la Pia comme un gentil bibelot, et, selon leur degré d'esthétisme, se satisfaisaient de sa grâce, de son luxe, mais tous lui déplurent, sauf un.

Ce privilégié avait une petite âme jolie, de qualité très pure, en même temps plus prompte à juger les autres qu'à les comprendre. Il avait vingt-quatre ans; à trente-cinq, nul doute qu'il ne devînt de ces gens qui, d'une parfaite bonne foi, conçoivent toujours comme juste ce qui est conforme à leurs intérêts. Avec de la fortune, il n'avait ni talent à mettre en valeur, ni ambition à satisfaire: d'où son souci de la vertu. Au résumé, rien ne vivait en lui, sauf cette petite agitation vers le bonheur par la tendresse qu'on ressent toujours à son âge.

Delrio jugeait médiocre la substance intellectuelle de cet adolescent, mais il pensait qu'on pourrait mieux le nourrir : il le retint volontiers à Tolède, comme un sujet chez qui, à l'occasion, développer quelque passion. Pour l'instant, une âme assez indigente, mais de qui tous les mouvements témoignaient cette grâce intérieure parfaitement exprimée par le regard des jeunes gens de Raphaël ou du Pinturicchio. Très jeune et tel qu'un beau fruit, il éveillait une sensualité que comprendront ceux qui furent parfois tentés, en présence d'un adolescent, d'admettre un troisième sexe, où l'on classerait encore les jeunes animaux.

Pour ce Lucien, la Pia adoucissait ses jugements. A lui aussi, quand il était petit, on avait appris de jolies manières! Il avait, comme elle, le goût des parures, s'intéressait aux pantalons fleuris, aux vestes de brocart perlé, aux légères babouches, à ces atours de parade qu'elle vêtait parfois pour s'accorder avec Santa Maria la Bianca, la plus pure perle tolédane, enfouie au quartier juif. Synagogue divine pour la netteté de ses arabesques, de ses rosaces, de ses arcs mauresques et byzantins, et dans laquelle un tableau fait voir une vierge étendue et qui nous dit sur son rouleau : « Au bord du Jourdain, je suis, rêvant. »

Il participait avec un grand sérieux aux gentils amusements, où la guidait cette vague croyance à l'âme des objets, qui ne meurt jamais chez les petites filles élevées dans les contes d'Andersen. Cependant leur inexpé-

SANTA MARIA LA BIANCA.

rience les empêchait de distinguer ce qu'il y a d'intéressant même chez les moindres êtres; ils s'accordaient pour traiter les hôtes de Delrio de « barbares ». Par là, ils voulaient signifier des étrangers avec qui leur sensibilité ne pouvait prendre contact. Froissement, malaise, puérilités qu'on remarque chez tous les adolescents fortement doués pour sentir, et qui faisaient à ces deux jeunes gens un lien secret, en même temps qu'une solitude morale.

II

LES JETS ALTERNÉS D'ESPAGNE

La Pia avait pour son frère de la confiance et un regard tendre, mais elle manquait d'intensité. On l'eût dite embarrassée de brouillard. Née pour le rôle que lui souhaitait Delrio, elle n'en faisait pas les gestes. Elle n'était pas encore quelqu'un avec qui il pût être sincère. Il pensa la développer, lui donner le dernier coup de pouce en lui montrant l'Espagne qui est le pays le plus effréné du monde.

Dans leurs mœurs, les Espagnols ne vont pas chercher midi à quatorze heures; sous un ciel de couleur violente, ils se conforment à leurs sensations. C'est un pays pour sauvage qui ne sait rien ou pour philosophe qui de tout est blasé, sauf d'énergie. L'Italie est moins simple, plus composée; dans sa douceur tu peux sommeiller; ici tout est brusque et d'un accent qui mord.

Au nord, les Espagnes sont sécheresse : fécondes, abondantes quand même, leur aridité étant faite de sensibilité contractée. Au midi, c'est un fleuve irrésistible de sensualités; — mais qui craindrait de s'y souiller? il nous emporte dans le sens de la nature.

Dans ce pays double, toute mollesse et puis rien que ressort, la lutte est éternelle des Castillans contre les Maures et contre l'enchantement d'Andalousie. Long effort, puissant contraste d'où sortit le génie ascétique de sainte Thérèse, des dramaturges, de tous les artistes et des maisons royales d'Espagne! Delrio en espérait beaucoup pour la Pia, jugeant cette opposition violente aussi efficace, comme excitant moral, qu'en thérapeutique les douches à jets alternés, brûlants et glacés.

L'Escurial.

« Je ferai son âme plus souple et plus forte, se disait-il. A ses dons célestes de mélancolie et de grâce, j'ajouterai, dans un âge où toutes les impressions s'incorporent avec nous, la gravité et l'ardeur des maitres sublimes vers qui je la mène par la main. »

Pour plaire à la jeune fille, Delrio mit Lucien du voyage. Les femmes de chambre de la Pia emportaient ses matelas, ses draps de lit, hors desquels elle ne pouvait dormir. La petite caravane remonta d'un trait au nord; Delrio voulait exalter sa sœur dans les âpretés de Castille avant de la fondre dans la mollesse d'Andalousie.

Ce fut d'abord l'Escurial qu'il lui montra, comme le lieu de l'ascétisme et la traduction en granit de la discipline castillane issue d'une conception catholique de la mort.

Monté sur un rocher de cette sombre sierra où fut imposé l'énorme monastère, quel voyageur n'a subi le despotisme de ce paysage et d'une régularité si douloureuse dans cet horizon convulsé! Mais la plupart, réagissant contre la contraction de leur âme, retournent très vite à la misérable auberge, en bouffonnant sur l'humeur mélancolique des maçons de Philippe II. Vains efforts pour renier le tremblement de leur être sous la prise du génie castillan!

Ce roi, qui installa sa toute-puissance dans un caveau, met sous nos yeux que « la grandeur de l'homme est grande en ce qu'il se connaît misérable ».

Penché sur l'immense Escurial que d'un tertre il dominait, Delrio s'abandonnait au vertige du gouffre ascétique; il cédait à l'empire catholique de la douleur. Un crucifié en détresse, déchiré par les fouets, les outrages et les terreurs, impose ses couleurs à la terre; et pour ébranler les ondes profondes de notre conscience, les cordes de l'idéal, rien ne vaut des beautés de léproserie. Ce paysage anarchique, tourmenté par de sombres passions et qui supporte le monastère royal comme une dalle écrasante de granit bleuâtre, lui semblait exactement la *composition de lieu* que présenterait à son imagination, pour la fixer, un Pascal qui médite.

Peu m'importe le fond des doctrines! C'est l'élan que je goûte. Les ascètes d'Espagne ou de Port-Royal appelaient vivre pour l'éternité ce que nous appelons s'observer, comprendre le néant de la vie. Ces états élevés seraient-ils perdus aujourd'hui?

Tout le jour, Delrio essaya de communiquer ces réflexions à la Pia, tandis qu'ils circulaient à travers les cours lugubres, sous des voûtes glacées où manque l'air. Ainsi tombés brusquement, du sans-effort de leur terrasse de Tolède, dans un formidable caveau scellé au milieu des sierras pour transmettre à l'éternité le tête-à-tête d'un despote et de Dieu, ils s'y trouvaient perdus comme des enfants dans la *Somme*, le Code et la Géométrie. Malaise d'âme pourtant, plutôt que physique! Ce qui les oppressait, c'était moins cet impassible et monochrome labyrinthe que toute la conception de vie, la méthode morale, l'éthique qu'il symbolise. Bleu granit éternel, lignes inflexibles qui resserrent l'âme de telle sorte que, ne dépensant rien en gestes, ne perdant rien au dehors de son ardeur, elle soit toute tassée et brisante, comme une cartouche de dynamite placée dans la roche et qui ne peut s'évader qu'en rompant du côté du ciel!

A l'église, centre du monument, toujours ils reviennent, et quand la Pia, à travers les grilles des chapelles latérales, essaie de distinguer les richesses accumulées sur les ossuaires, ou, le long des couloirs, examine quelques portraits, sévères, mais qui, du moins, la rattachent à l'humanité dans cet épais brouillard d'ennui et d'ombre mortuaire Delrio lui dit : « Quel contresens! des curiosités particulières ne doivent pas détourner nos esprits dans cette caserne de l'abstraction. Tu risques d'amoindrir ce milieu, prodigieux parce qu'il nous met hors le temps et nous donne un sentiment détaché de tout accident individuel. »

Il approuva que, sous ces voûtes pleines de pensées indéfinissables, il n'y eût d'objet à noter que deux groupes de statues royales, par Leone Leoni, plus grandes que nature, somptueuses comme des lingots d'or et si puissantes d'expression, qu'à fixer leurs visages on croit entendre leurs aveux ou, mieux encore, derrière soi, dans l'ombre, le chuchotement de leurs valets de chambre. De l'or sur des charniers, c'est tout le divertissement que doit offrir à l'imagination l'Escurial.

Petite âme, esclave frémissante de ses sensations, la Pia défaillait de fatigue et de peur mêlées. Moins pour respirer cependant que pour s'évader de cette philosophie, où la mort dépouille même son romanesque, elle s'approchait des fenêtres. Derrière leurs barreaux, elle voyait le bassin de l'Infante, auge misérable, avec des pivoines dans de sombres haies plus domptées encore que la pierre. Sous ces voûtes implacables, rien n'est donc à attendre que des jeux de sa pensée! C'était trop de contrainte, elle parut défaillir.

Il la prit, l'entraîna et, quand ils atteignirent sur les terrasses un étang encadré de granit et que rasaient des hirondelles, elle pleura. C'était de trouver enfin, dans ce tragique implacable, quelque chose qui s'abaissât jusqu'à la mélancolie.

Puis, à la nuit, dans la triste auberge, après le dîner silencieux d'accablement, quand elle se fut couchée et qu'elle le laissait, comme il avait coutume chaque soir, jouer avec ses doigts et ses bagues :

— Ne partons pas, disait-elle, prise d'une sorte de folie du gouffre. C'est ici que je vois le mieux comment tu m'es seul au monde.

— Brusquons, répondit-il. Tu sentiras plus violemment encore notre douloureux bonheur de l'Escurial, quand de cette discipline nous passerons à l'épanouissement d'Andalousie.

Deux jours après ils étaient à Grenade.

Leur première nuit, ils ne purent dormir, tant bruissait sous leurs fenêtres entr'ouvertes la ville entière qui cherche la fraîcheur sur l'Alameda. Alors Delrio vint frapper à la porte de sa sœur, et, petite forme blanche qui s'habille dans l'obscurité, elle le rejoignit. Ils sortirent. Tous deux étaient émus du bonheur de vaguer dans cette demi-nuit parfumée et dans ces lieux qu'elle abordait pour la première fois.

Parmi les figuiers, les magnolias, les chênes verts, les pistachiers et les lauriers fleuris, l'Orient bientôt se nuança et la jeune lumière prodigua ses effets. Le manque de sommeil, qui n'est pas une souffrance dans ces pays légers, les alanguissait et faisait leur corps plus sensible aux délices de la nature.

Grenade est bâtie sur les extrémités de trois collines qui se détachent de montagnes élevées et neigeuses. Ses maisons et d'admirables arbres couvrent leurs pentes, qui s'abaissent pour mourir au seuil d'une immense plaine de verdure bénie. La ville basse est moderne ; on y voit des hommes de cercle ou plutôt des buveurs d'apéritifs, comme on en trouve dans tout le Midi de la France, en Espagne, en Italie, importants, fats, demi-élégants ; et, quand on aura signalé le perron de la Cartuja où s'étagent les mendiants, les infirmes, comme un des plus étonnants pourrissoirs humains, et puis reconnu l'insignifiance de l'école de peinture grenadine, visible à la cathédrale, on connaîtra l'essentiel. Tout l'attrait demeure dans l'ancienne Grenade, dont les ruelles délabrées serpentent pour escalader les côtes de l'Alhambra et de l'Albaycin, où elles se font sous la lumière un pittoresque vis-à-vis.

Quand fut passé le gros du jour, la Pia, Lucien et Delrio visitèrent l'Alhambra. Ce n'est pas un simple monument, c'est tout un quartier de la ville. On y trouve, sous d'immenses ombrages, une église, des hôtels, des masures, des ruines qui survivent aux rois maures, et leur palais d'été, le Généralife, très fin, très nu, dans ses jardins et parmi ses fontaines, où ruisselle la neige des sommets qui closent un horizon toujours serein.

Des petits jardins de l'Alhambra, ils prirent d'incomparables points de vue sur l'immense plaine qui réjouit Grenade. Les plis de la terre et les montagnes d'Andalousie se développent comme d'admirables draperies. Tout est douceur, agrément dans la Vega. L'air, qui vient des neiges éternelles, par-dessus les vergers tropicaux, apporte plus de fraîcheur et de trouble que ne ferait sur ta face, le soir, la jeune bouche des Espagnoles qui ont quinze ans.

La Pia se livrait à ces magnifiques espaces au delà de ses forces nerveuses. Ses yeux se fatiguèrent avant que la lumière eût cessé de réjouir son cœur, et baissant ses paupières elle tendait les mains pour saisir encore de la clarté.

Le charme de Grenade n'est point compliqué : c'est de posséder les plus beaux arbres du nord et des eaux vives, sous un soleil africain. Son nom attire l'univers, mais elle n'est qu'une tente dans une oasis, et, sous un parasol délicieusement brodé, un des plus mols oreillers du monde.

Ni ce décor fragile, ni ce bien-être sensuel ne peuvent toucher profondément les âmes, qu'à la longue pourtant ils sauraient engourdir. Aussi Delrio, soucieux d'utiliser toutes les vertus de cette station, et pour que le paysage prît un sens complet dans l'âme de la jeune fille, excitait le guide à leur raconter tant d'incidents mêlés de délices et de peur qui tachèrent ces dalles de sang et d'amour.

Depuis la porte d'Elvira jusqu'à celle de Bivarambla, il voulait que tous les lieux de l'Alhambra prissent dans l'imagination de son amie leur sens grand et naïf, et que par leurs légendes ils s'animassent de dames morisques et de chevaliers sarrasins en jupons verts, manteaux rouges, éperons d'or, larges étriers d'argent, montés sur des cavales baies et sur des genêts tout fiers de leurs plumes. Le Romancero s'étend à toute l'Andalousie et pénètre dans Ubéda, la Guardia, Andujar, Baeça, Jaen, Riofrio, Alhama, Quesada, Cacorba, villes pauvres et précieuses, bijoux de fer, cris ardents et sauvages qui frappent fort sur l'âme et la caressent. La chute de Grenade est ausi fameuse que la chute de Troie ; la romance, qui fait soupirer, se fixe dans la mémoire des hommes, qu'elle amuse, comme la tragédie qui les affermit. El rey Chico, le petit roi Boabdil, lâche, traître et assassin, est pour nous caché à demi par les branches tombantes de ce laurier-rose sous lequel il se déroba, un jour que ses soldats mouraient bravement pour sa cause. Nous lui sommes indulgents et nous le parons, parce qu'on l'avait surnommé Zogoibi, le malencontreux, et qu'il était né sous une

Les ruelles délabrées de l'ancienne Grenade.

mauvaise étoile. En regardant la porte par où il quitta l'Alhambra et dont il demanda, pour suprême faveur, qu'elle fût à jamais murée, en descendant le chemin qui va du côté de Saint-Antoine-le-Vieux et qu'il fit construire pour fuir au camp des chrétiens sans rencontrer ses Maures, on se dit que, pour tant tenir à l'existence, ce roitelet avait dû connaître d'incomparables voluptés.

Afin de compléter cette atmosphère du plus pur romantisme, Delrio signalait à sa petite sœur le portrait de Marie de Neubourg, un peu bouffie, à la façon d'Autriche, et qui du doigt désigne une fleur entre ses seins décolorés par le temps. Cependant la Pia respirait, elle-même, une rose thé qui sentait les étangs et contenait de la tristesse.

A tous les visiteurs, les guides, les jardiniers offrent des bouquets ; dès le soleil couché et quand les parasites s'éloignent, ces treilles immenses sont toutes dépouillées de leur gloire, mais dans leur solitude mystérieuse, à l'heure où la lune magique visite l'Alhambra, tandis que les Anglais mangeurs de viande, tapent sur les pianos des hôtels et se disent les uns aux autres : *beautiful!* les roses reprennent courage et, pensant toujours que Lindaraja a besoin de leur essence, au matin, par milliers, elles s'épanouissent. Le loyalisme et la prodigalité des rosiers de la Bétique sont inlassables.

Les trois voyageurs finirent la journée par une promenade en voiture au col d'Alhendin où l'on perd de vue Grenade quand on va vers l'Alpujarra. Les Arabes l'appellent Fedj-Allak-Akbar, en souvenir des paroles que Boabdil prononça quand, jetant de là un dernier regard sur ses palais perdus, il s'écria : « Dieu est grand ! » puis versa des larmes. Les Espagnols le nomment « El ultimo sospiro del rey moro ». La mère du fugitif l'insulta : « Tu fais bien de pleurer comme une femme ce que tu n'as pu défendre comme un homme. » Mais un vizir lui disait : « Considérez, seigneur, que l'adversité rehausse la gloire de ceux qui la supportent avec fermeté. » — « Hélas ! répondit-il, quelle infortune a jamais égalé la mienne ! » Vers 1851, en démolissant de vieilles maisons arabes à Tlemcen, on trouva un seuil de porte en marbre onyx que couvrait l'épitaphe du petit roi. Sa pierre tombale par mépris était foulée aux pieds des

La fuite au camp des chrétiens.

musulmans qui ne lui pardonnèrent pas l'islamisme écroulé en Espagne. La lâcheté et les malheurs de ce voluptueux émouvaient la sympathie de la Pia, parce qu'elle se croyait faible, elle aussi, et que, pour supporter de pareilles angoisses, elle aurait demandé du chloroforme.

Cette journée, de tout le voyage, parut être la plus au goût de la jeune fille. Elle n'y trouvait rien d'impérieux et qui la contraignît à penser dans un âge où l'on préfère céder à son cœur.

Un après-midi, ils visitèrent les pentes décharnées de l'Albaycin où des trous creusés dans le roc abritent, parmi les nopals gigantesques, le peuple décharné des tziganes.

Cette nation errante, quel romanesque elle a mis dans le monde! Sur le passage de ses filles tombe au rang de simple bêtise qu'*on ne peut pas aimer ce qu'on n'estime pas*. Elles dansent, des haillons pailletés sur les reins, et avec des yeux de braise, longs, fendus, qui ne disent point s'ils sont amis ou ennemis. Par toutes les villes de l'Europe, elles éveillent, dans l'âme des simples, une sensualité analogue à cette rêverie tendre et impure amassée par les peintres et par les poètes autour d'Hérodiade qui est une fleur et un aromate.

Au seuil des cavernes apparurent des mendiants demi-nus, de tous sexes. Six petites filles marchaient à reculons devant les trois visiteurs et, de leurs mains appliquées sur leurs bouches un peu épaisses, envoyaient des baisers en répétant à la Pia : « *Bonita caramella.* » Belle comme un bonbon! Un peu intimidée de les sentir qui agaçaient leurs doigts sur sa robe, la Pia voulut se réfugier dans une église ; mais, avec précipitation, sur le parvis délicieux de fraîcheur, l'aînée de la bande, qui pouvait bien avoir huit ans, organisa une extraordinaire danse, où des libertés de jeunes animaux dévoilaient des hanches presque de femmes. Fantaisie déroutante, ces enfants avides dansant un *zoronço* comme des hérétiques, dans ce demi-jour religieux! Mais la chose sinistre et le signe inoubliable, c'était, sur ces pupilles trop brillantes, le clignement de paupières qu'elles lançaient à Delrio et à Lucien et qui déjà sous la petite fille révélait la vieille entremetteuse... Puis, indéfiniment à travers les sentiers, ces mauvaises enfants obsédèrent les trois jeunes gens de leurs cris, de leur tournoiement, les pieds nus sur les cailloux brûlants, la main toujours tendue et, pour signifier qu'elles partiraient si on leur faisait un cadeau, elles mêlaient à leur demande l'apostrophe que si souvent leur avaient lancée tant de voyageurs agacés : « Cinq centimes et allez-vous-en!... Cinq centimes et allez-vous-en! »

C'était six heures du soir, au déclin d'une journée triomphante de splendeur ; mais la nature, quand elle atteint à cette magnificence, nous fait trop sentir son implacable indifférence pour nos misères : elle exagère notre solitude. En outre, ce battement affreux de la paupière chez l'enfant gitane anonyme de Grenade avait révélé à la jeune femme d'une façon voilée, mais suffisante à lui serrer le cœur, les désordres du désir et les humiliations qu'entraînent certaines parties confuses de notre sang.

Peu de jours après, comme la Pia remontait la vallée du Genil, non loin du lieu mémorable où le dur vainqueur reçut la clef des mains du petit roi Boabdil, cinquante voix d'enfants, sur la côte opposée, célébraient la Vierge très pure de leurs voix aigrelettes. Une procession se déroulait au long du quartier des gitanes. La Pia reconnut ses petites mendiantes. En vain, d'une voix officielle, crient-elles dans la montagne : « Maria... Ora pro nobis, Maria », l'écho répète : « Merito, senora, cinco centesimos. »

A l'ordinaire, Delrio n'accompagnait pas les deux jeunes gens. Il appréciait peu Grenade, quoiqu'il en subît le charme. Dans les cours et sur les terrasses plantées de l'Alhambra, il sentait bien une atmosphère de courtoisie, mais rien qui nécessite chez le visiteur un état d'âme sublime. Il avait l'impression de se promener dans un bijou. Cette qualité de beauté attache l'âme aux minuties. Il préférait passer quelques instants du matin et du soir à l'Alameda, sous un magnolier en fleurs.

Un jour, dès neuf heures, quand commence à se dissiper la fraîcheur, les deux jeunes gens le rejoignirent sous cet admirable bouquet, luisant et splendide de force, qui exhale les parfums unis de la rose, de la jonquille et de l'oranger. Auprès du banc où il se plaisait était une musique tirée par un âne oriental qu'accompagnaient un bon chien et deux petits garçons, l'un tournant la manivelle de l'orgue et l'autre les oreilles de la bête. Et comme Lucien et la Pia s'amusaient de le voir si heureux, il leur dit :

— Ma petite sœur, ces enfants et ce chien, cette chanson dans cet air lumineux, ces fleurs splendides, tout cela me donne un plaisir sans souillures, une pureté dans la volupté analogue au sentiment que j'ai de votre tendre amitié. Ma satisfaction est complète si dans vos yeux, où je craindrais de distinguer des pleurs, je trouve un peu de la gravité de cet Escurial que sans doute vous avez déjà oublié.

Silencieuse, la Pia s'assombrit, parce qu'il admettait l'oubli des choses confuses qu'ils avaient senties en commun.

Le jour du départ, la Pia et Lucien rejoignirent les voitures en poussant devant eux le petit âne couvert des plus belles branches du magnolia, en sorte qu'il était comme un fagot de tulipes, comme une boule vivante et embaumée :

— Nous avons coupé une à une, dirent-ils, les fleurs que vous préférez, celles du magnolier qui sont les plus enivrantes et les plus puissantes, et nous vous les apportons en symbole de la domination et de la flamme qui sont en vous.

Il reconnut leur sympathie, mais une certaine pureté morale les privait encore des attendrissements subtils par où l'on doit secrètement doubler la banalité d'une vie mondaine. Pourquoi donc avoir tranché une chose admirable ! Il eût aimé que le fil de ses souvenirs demeurât lié dans Grenade à quelque chose d'heureux et non à un arbre humilié.

LA PIA ET LUCIEN POUSSANT DEVANT EUX LE PETIT ANE.

Les pulpes blanches des larges fleurs qu'ils emportaient se tachèrent de mort. La souffrance fit éclore en les violentant quelques corolles. Ces masses somptueuses ainsi défaites et carnées donnaient la plus triste impression d'accablement et de désastre.

Ils firent deux journées de voiture pour mieux s'associer à ce pays par la fatigue ; ils se proposaient de prendre à Jaen le chemin de fer pour Tolède.

Au sortir de Grenade, leurs mules, parées de toutes les sonnailles d'Espagne, firent lever un essaim de mouches sur les mendiants du perron de la Cartuja. Les grandes chaleurs de juillet commençaient ; à cette époque les neiges fondues ruissellent avec un redoublement de force sur la ville et ses vergers paradisiaques. Les figuiers aux feuilles vernies, le modeste olivier, la vigne, tous les arbres fruitiers se mêlent aux grands végétaux des régions torrides et même aux cannes à sucre. Des tours vermeilles de l'Alhambra, cette verte vega qu'entourent des montagnes bleues semble une émeraude enchâssée dans un saphir. Mais la sierra d'Elvira, quand nos voyageurs la gravirent, leur présenta des pentes rouges ravinées, mises en poussière par le soleil et que couvraient les rameaux traînants du câprier. Dans les interstices des roches, sous un ciel ardent, des agaves tendaient leurs tiges immobiles et bleuâtres, la sauge et les cistes exhalaient leur odeur. Les chevaux reposèrent à la venta del Zegri, d'où la vue embrasse les masses de la sierra Nevada, fraîches, limpides et géantes. Au bout du défilé de puerto Carretero, ils trouvèrent pour la nuit un méchant gîte dans la petite ville de Campillos de Arenas. Le lendemain, par une interminable vallée rocheuse, où parfois des lignes d'énormes lauriers-roses ombragent un ruisseau pur et furieux, où plus souvent les seuls fenouils et les genêts se plaquent en taches rares sur les côtes ardentes, ils gagnèrent Jaen la Mauresque, presque égale à Grenade, toute blanchie à la chaux et disposée comme une conque sur les pentes d'une montagne fauve qu'escaladent de vieux murs terribles et verdoyants. Une troisième étape, et la Pia serait tombée malade.

De la sueur sur un front délicat, des lèvres desséchées qui avouent souffrir de la soif, le laisser-aller d'un jeune corps qui cherche à sommeiller aux cahots du chemin, tout ce désordre de la nature chez un être encore mystérieux et sur un visage dont les beaux yeux jamais ne se dorèrent des lueurs suspectes du désir, c'est assez pour nous troubler et porter notre imagination vers les secrets de la beauté.

III

QUAND UNE JEUNE FEMME SENT LE VIDE DE SON CŒUR ET DE SES MAINS

Tous trois rentrés à Tolède, Delrio dut s'absenter pour ses affaires. Afin que la Pia ne devînt pas une Belle au bois dormant, et pour redoubler des soins sous lesquels déjà naissait une âme, il choisit cinq ou six pièces, les plus romanesques du Théâtre espagnol, et pria Lucien de les lire et les relire à leur amie, dans l'ombre parfumée des cours intérieures, ou bien en face de Tolède, aux heures favorables du soir, quand une jeune femme sent le vide de son cœur et de ses mains.

Elle aima le *Rufian heureux*, de Cervantès, espèce de Don Juan dissolu et criminel qui se convertit et devient un tel saint qu'à Mexico, vingt ans plus tard, appelé au lit de mort d'une courtisane, sa maîtresse jadis, il lui cède formellement ses vertus, ses bonnes œuvres, et assume les péchés dont elle était couverte, de façon qu'elle monte au ciel, et qu'il doit recommencer une vie de remords et de pénitence : — la *Reine morte*, par Louis Velez Guevara, d'une tristesse émouvante dans cette petite maison de Portugal, où parmi les fleurs et les grands arbres se développe la naïve sensualité d'une jeune femme qu'un vieillard cruellement condamne à une mort dont il pleure avec elle : — le *Médecin de son honneur*, par Calderon, où Mencia inoffensive et destinée au malheur fait une figure si touchante sous le berceau de son jardin, la nuit, parmi ses femmes qui jouent de la guitare, tandis qu'hélas ! s'approchent le jaloux et le débauché dont elle mourra ; — *Persévérer jusqu'à la mort*, de Lope de Vega, histoire du jeune Mazias impétueux et tendre et d'une constance immortalisée dans le proverbe « *Enamorado coma Mazias* », qui aima sa maîtresse malgré tous les obstacles et même quand, à travers la porte, la première nuit qu'elle eut épousé son rival, il entendit leurs soupirs mêlés ; — enfin, le *Damné pour manque de foi*, de Tirso de Molina, où l'on enseigne implicitement à mépriser les actes et à n'attacher d'importance qu'à l'exaltation intérieure, car on y voit un anachorète, après dix ans de pénitences et de macération, perdre tout à coup la grâce et pour ce tomber dans la damnation, tandis qu'un bandit souillé de viols, de blasphèmes et d'assassinats, obtient le pardon par un cri de foi à l'article de la mort.

Ces brûlants récits amoureux et catholiques intéressaient la Pia sans jamais déconcerter sa raison, car son cœur battait aussi vite que le cœur de ces hommes et de ces femmes, et son imagination, comme la leur, franchissait rapidement cinq ou six associations d'idées pour atteindre à des impressions extrêmes. D'où tenait-elle ce sentiment d'abandon, de soumission à la destinée, que justifie la *doctrine de la grâce*, et que je vois dans le cerveau espagnol comme une survivance évidente du fatalisme oriental? Elle le satisfaisait avec ces dramaturges. Peut-être aussi ses vingt ans n'étaient-ils pas assoupis au point qu'elle échappât à l'éveil de ses sens.

Simone, un jour, pourra être Psyché qui s'éveille et qui allume un flambeau pour considérer l'Amour nu et endormi. Mouvement sensuel et qui pourtant ne suscite aucune répulsion parce que nous n'y voyons qu'un geste souple et aisé.

En traversant le pont du Tage, ils s'arrêtèrent.

Un soir, après de telles lectures, assis devant leur ermitage et contemplant, sans jamais l'épuiser, la montagne de Tolède, contractée de passion sous un ciel silencieux, ces enfants eurent une irrésistible envie d'aller de leur solitude vers ces beautés, de s'y mêler, de participer à la volupté d'où leurs cœurs étaient gonflés de se sentir exilés.

En traversant le pont du Tage, ils s'arrêtèrent pour respirer la fraîcheur qui monte de ses boues, puis lentement gravirent le caillou aigu des ruelles, vers la cathédrale.

De cette haute terrasse, c'est toujours le même sublime qui jamais ne rassasie les âmes, car, en même temps qu'elles s'en remplissent, il les dilate à l'infini. Le sol, la pierre, la végétation, à Tolède, désolent par leur misère, mais tel est leur style qu'il supprime chez le spectateur toute imagination vulgaire. Et puis en bas, voici le fleuve, comme un lourd serpentement de fièvre, et les ruines du faubourg d'Antequeruela, aussi bouleversantes pour l'imagination, dans cette chaude nuit, que les cris et l'odeur des hyènes dans les cimetières d'Orient!

Apreté de Castille où passe un long soupir d'Andalousie! Sur cette ville à la fois maure et catholique, les parfums qui montent de la sierra se marient à l'odeur des cierges échappée des églises. Les sensations de l'Escurial et de l'Alhambra gonflaient à la fois le sein de la Pia, et de leur mélange équivoque, loin de s'affaiblir, elles prenaient la puissance, la tristesse des passions combattues.

Que serait-ce si, dans ces dédales où chaque linteau porte une inscription contre la peste et les nuages, la Pia s'aventurait de nuit et quand une lune sépulcrale ajoute au silence de la mort!... Jamais nous n'oublierons les moines dont les lumières soudain circulèrent vers deux heures du matin, tandis que leurs chants terribles se levaient, fortifiés par l'orgue, derrière leurs funèbres murailles. Plus loin des plaintes divines sortaient de Santo Domingo el Real, des Carmélites, où sainte Thérèse souffrit de névralgie...

La Pia et Lucien entrèrent dans la cathédrale qui est le lieu du monde le plus somptueusement meublé.

Certains esprits, dans leurs agitations, semblent tenir perpétuellement sous leurs yeux une large dalle de cuivre que j'ai foulée dans la cathédrale de Tolède et qui porte cette seule inscription : « *Hic jacet pulvis, cinis et nihil*, Ci-gît poussière, cendre et rien. » Elle fit battre mon cœur plus qu'aucune phrase des poètes. Le temple, et par la voix du mort qui n'a plus intérêt à mentir, avouait donc la grande vérité secrète et la gravait sur une dalle pour que tout le monde, dernier raffinement, marchât dessus! Suis-je sûr dans cet amas de splendeurs où se tourne toujours mon désir, que l'accent sublime et qui magnifiait Tolède pour que j'en fusse à jamais amoureux, n'est pas fait de ces trois mots arides : *pulvis, cinis, nihil*, ramassés par ma jeunesse qui ne fut qu'une longue rêverie?

Il serait difficile à une petite créature de ne pas s'affaisser quand elle s'agenouille sur une telle pierre de vérité. Heureusement la Pia, pour ses visites solitaires, avait trouvé dans le *Transparent*, derrière le retable de la Capilla Mayor, des petites marquises en marbre blanc, vêtues de longs vêtements de nuit, — les sœurs d'une sainte Thérèse du Bernin qu'on voit à Sainte-Marie de la Victoire, dans Rome — et ses sœurs aînées à elle-même. Il lui semblait qu'elle vivait dans leur familiarité et qu'elles s'amusaient devant elle à se déshabiller. Ces personnes, les seules du genre churrigueresque qu'on trouve dans ce grave édifice, lui furent souvent un appui; grâce à leur présence, comme une infante entourée de ses dames s'accommode de l'Escurial, la Pia supporta la grandeur, la hauteur et la profondeur du lieu.

Aujourd'hui que Lucien l'assiste, elle peut se passer de ces gracieuses protectrices; elle va tout droit à la pierre privilégiée où sont empreints les pieds de la Vierge. Devant les saphirs, les rubis et les perles dont les feux vacillent, sous la lueur des lampes perpétuelles, elle s'agenouille pour se livrer à la sensation d'être un objet si humble parmi ces magnificences, une pauvre petite perle perdue dans le vaste monde.

Or, comme le temps passait, Lucien souffrit en distinguant que, parmi ces choses d'un goût somptueux, il était déplacé, tandis que son amie paraissait une des mille pierreries qui collaborent à la gloire de ce soleil de beauté : par exemple, une des petites turquoises qui verdissent à la cheville de Marie. Se rapprochant d'elle, il lui dit : « Ma reine, vous me méprisez! » Dans ce mouvement il vit qu'elle avait son visage couvert de larmes, ce dont il fut bouleversé au point qu'il appuya ses lèvres sur les lèvres de la jeune fille, et sans qu'elle cessât d'être vierge, ces deux enfants misérables défaillirent embrassés.

Mais tout à coup le sentiment de son

véritable amour la réveilla. Elle sentit d'une manière confuse et avec désespoir qu'elle s'était égarée de sa véritable destinée ; ce frisson, que toutes les Espagnes justifiaient ou nécessitaient, elle ne l'eût ressenti avec une pleine convenance que dans les bras de son frère et véritable maître.

Quinze jours, elle demeura, sans perdre la force de souffrir, dans des ténèbres molles et mornes. Tous ses membres lui semblaient morts, mais son esprit veillait ; elle se sentait engourdie de paralysie sauf un point, qui était son cœur, hyperesthésié d'une impossible passion. Bien qu'elle parût incapable de se lever, avec quel élan de tout le corps ne se fût-elle pas jetée vers l'issue qu'elle eût entrevue !

Quand Delrio, revenu en hâte, se pencha sur son lit de fiévreuse, elle eut d'affreux frissons, une crise de larmes, puis, demeurée seule un instant, se blessa d'une balle mortellement. Cela fut ainsi, sans qu'on pût l'expliquer autrement que par la conviction, où cette enfant, exaltée et scrupuleuse, semblait s'être arrêtée qu'elle ne pouvait se conformer à sa destinée et que le bonheur n'eût été que dans un monstrueux péché.

Epouvantée de ses souffrances, elle se pelotonnait sur son lit, sans plus répondre qu'un pauvre chien. Delrio lui mit la main sur le cœur en lui parlant successivement des diverses choses qui pouvaient l'avoir émue, et quand il arriva à prononcer le nom de Lucien, un battement plus précipité confirma ses craintes, sans lui communiquer la vérité. L'insensé ! il crut qu'elle s'était donnée, elle qui mourait d'avoir entrevu pour qui elle voulait se réserver ! Et d'imaginer qu'elle avait aimé jusqu'à prêter son corps, il éprouva des mouvements qui l'eussent peut-être poussé à quelque brusquerie si elle n'avait été agonisante.

Animé par cet injuste sentiment, il lui parlait de Lucien, mais en termes si confus qu'elle n'y trouva qu'une allusion au baiser de la cathédrale. Et quand il laissa entendre qu'il n'ignorait pas à quelle passion elle avait préféré la mort, elle se crut devinée.

— Oh ! toujours mentir, répondit-elle, je n'aurais pu passer ainsi ma vie. Comme je suis heureuse maintenant que vous sachiez la vérité !

Ainsi goûtait-elle la douceur d'un aveu d'amour. Mais lui persistait dans l'idée de Lucien. Sans doute, se disait-il, cet entraînement est déjà ancien ! Et tout haut :

— Je te remercie de m'avoir menti, je te remercie de m'avoir fait par ton mensonge une vie heureuse.

Les circonstances avient créé un quiproquo autour de ce lit de mort et d'amour, mais tous ses gestes de frère et d'amant témoignaient à la jeune fille ces tendres sentiments dont il ignorait qu'elle-même mourait et dont il n'entendait pas l'aveu.

Comme elle était belle, sa sœur, brûlante, puis glacée de fièvre, dessinant sous les draps son jeune corps révolté par la mort !

Il la prit dans ses bras, et mettant ses lèvres contre ses délicates épaules, il lui donnait avec des mots tendres les suprêmes consolations.

— Tais-toi, tais-toi, lui disait-elle, c'est ta voix seule qui me retient à la vie et je veux mourir.

— Tu vas mourir, perfection chérie, te contracter pour la mort dans mes bras. En ces dernières minutes, confie-moi ton dernier souffle, pour que je l'expire dans mes premiers soupirs de deuil. Laisse mon corps prendre sur ton corps ta suprême chaleur, pour que j'en réchauffe quelques heures encore ton cadavre. Accueille dans tes yeux, parmi tes pleurs, mon image, pour que, sur son reflet obscurci par tes larmes tarissantes, j'abaisse tes paupières, enfant chérie.

Par un sentiment de pudeur et d'amour, elle lui disait :

— N'es-tu pas dégoûté de m'embrasser, malade comme je suis ?...

Mais d'un ton tel qu'il lui répondait :

— O mon bel œillet qui n'es plus la mélancolique Pia. Depuis ton éclatante et surprenante décision, combien je t'aime ainsi sanglante ! et que je te désire sous ce pâle et sous ce rouge de la mort !

Et les tendres gémissements que lui imposait sa blessure se mêlant à leurs aveux demi-étouffés, elle mourut en pressant contre ses petits seins éclaboussés de sang les mains de l'ami de son cœur.

Delrio, dans la suprême tension des énergies de sa demi-sœur, entrevit le secret qui la convainquait de partir, mais il en eut la sensation plus que l'intelligence. Une parfaite clarté toutefois n'est indispensable que dans les discussions : d'obscures aventures et des problèmes posés de la manière la plus confuse peuvent nous être extrêmement féconds. Delrio de cette mort se sentit une plaie immortelle ; le souvenir de la Pia mit dans son âme quelque chose de constant, et dès lors il fut plus heureux, ayant un point sensible autour duquel grouper et fortifier sa personnalité.

Enterrement de la Pia.

Il pria ses amis de ne plus prononcer le nom de cette morte. Il voulut connaître seul la terre soulevée où sa Pia achevait de se défaire. Puis il vendit la villa sous condition expresse qu'on en fît un hôtel, afin que ce lieu étant profané par n'importe qui, par tout le monde, les souvenirs, restitués à l'universel, n'en fussent possédés par personne.

Certes, il ne put empêcher que les enfants parlassent avec abondance de cette mort sur la terrasse de San Juan de los Reyes. Mais ce fut l'affaire de quelques années. Les enfants, qui discernent admirablement les choses sérieuses, les nomment des enfantillages à mesure qu'ils deviennent des grandes personnes. Il en va autrement si leurs premières curiosités, leurs premiers étonnements, au lieu de se dissiper, se transforment en un sens poétique, très rare d'ailleurs, puisqu'il suppose l'alliance de l'intelligence la plus haute à l'émotivité la plus intense.

Octobre 1893.

LES DEUX FEMMES DU BOURGEOIS DE BRUGES

Au temps de la Renaissance, il y eut, à Bruges, un riche bourgeois que ne distrayaient pas les grands festins où ses compatriotes s'amusent à beaucoup manger et à bouffonner. Il se fût plu au tir de l'arc où il excellait, s'il n'avait jugé médiocre d'être admiré par les commères brugeoises. Et il semblait aussi un peu dégoûté de sa femme, bien qu'elle fût fidèle et fraîche. D'après son portrait, elle devait être une petite Memling, scrupuleuse de tout ce qui gît au modeste enclos d'une vie régulière et nullement avertie des frivolités et des emportements qui seuls eussent contenté ce mélancolique désœuvré. Il forma le vœu de voyager en Terre-Sainte. C'était pour accomplir des choses sublimes et pour se distraire.

Il faut toujours rabattre de nos rêves ; le Flamand ne dépassa pas l'Italie, car une femme, qui avait la beauté du pays, et qui par là lui parut incomparable, retint sur ses seins nus la tête carrée de cet étranger. Elle avait été la maîtresse de Laurent de Médicis et, durant une nuit, du jeune Pic de la Mirandole. J'ai vu leurs portraits qu'elle transporta par la suite en Flandre. Ils sont à Anvers, dans la maison Plantin. Laurent de Médicis est gros et sale comme un professeur de dessin, et La Mirandole a la figure pure et glacée d'un jeune juif élégant, gauche et cérébral.

Parfumée et vêtue de soie, cette Clorinde lisait à son amant l'Arioste, dont la magnificence aisée ajoutait encore à sa grâce voluptueuse, et la mélancolie du jeune homme, qui jusqu'alors tendait à la bouderie, devint une tristesse enivrée.

Quand ils eurent dissipé leurs ressources et jusqu'à leurs bijoux, le Flamand, pour qui c'était intolérable d'imaginer qu'un jour elle serait loin de lui, vieille et pitoyable, la pria de l'accompagner dans les Flandres, où ils trouveraient l'abondance.

Clorinde, en même temps qu'elle enseignait son cher barbare à goûter toutes les belles choses, avait désappris de les aimer. C'est de son ami seul qu'il lui eût coûté de se séparer. Elle accepta l'exil. Mais à mesure que leur voyage s'avançait, ils étaient bien tristes, car la nature devenait plus pauvre et ils allaient du côté de l'hiver.

Quand ils arrivèrent en vue de Bruges, ils comprirent l'un et l'autre qu'en franchissant ce dernier espace, ils terminaient une partie de leur vie qui avait été leur jeunesse. La campagne était glacée sous un faible soleil de midi qui tombait du ciel le plus gris. Le cœur de l'étrangère se serrait, car elle craignait qu'il l'aimât moins que sa vraie femme et qu'il la renvoyât. Et lui, d'autre part, en revoyant les premières images dont s'étaient remplis ses yeux de petit garçon, s'apitoyait à l'idée qu'il mourrait un jour.

Ils atteignirent ainsi jusqu'au quai du Rosaire et s'accoudèrent au-dessus du petit étang qui baigne les basses maisons de brique, çà et là teintées d'ocre. Son odeur fiévreuse leur rappelait le paradis de Venise. Ils regardaient ce miroir mélancolique, encadré de l'herbe des béguines qui croît sur les vieilles pierres, et leur pensée allait avec cette eau froide se perdre sous

Il forma le vœu de voyager en Terre-Sainte.

les voûtes obscures. Le ciel était si près de tous ces petits toits, bizarrement découpés, que le clocher de Notre-Dame semblait le toucher. Alors, sans doute, comme aujourd'hui, l'estaminet de la Vache avançait sur l'eau sa délicate et modeste terrasse, supportée par des colonnettes. Et peut-être aussi, comme je l'entendis, jouait-on de la musique triste sur le marché aux poissons.

Il se tourna vers elle qui était tremblante et lui dit :

— En revenant avec vous dans cet endroit que je quittai avant que je vous connusse, je veux vous dire du profond de mon âme, mon amie, combien je vous dois de choses. Vous avez été bien bonne pour moi qui étais un vrai sauvage, et je me sens envers vous très reconnaissant.

Elle fut si émue qu'elle qui percevait toujours très finement les choses qui prêtent un peu au ridicule, elle eut les yeux pleins de larmes. Et elle lui répondit :

— Je ne sais pas comment cela se fait, mon ami, mais vous qui êtes parfois si dur et, je peux bien vous le dire, un peu grossier, vous trouvez parfois aussi des choses tellement délicates que personne ne vous vaut. Et soyez bien sûr que personne au monde ne compte pour moi, sinon vous.

Et ils s'embrassèrent, moins comme deux amoureux que comme un frère et une sœur qui se sentent de même race, à ce point qu'ils mourraient sans effort l'un pour l'autre, convaincus chacun que sa vraie vie n'est pas en soi, mais dans l'autre.

Cependant ils arrivèrent à la maison du Flamand, où sa femme fut sincèrement contente de son retour, et, bien qu'à voir cette confiance il fût apitoyé sur le tort qu'il lui avait fait, il ressentait cruellement ce que devait souffrir sa belle amie qui les regardait à quelques pas. Il les présenta l'une à l'autre :

— Ma chère femme, embrassez cette étrangère, car c'est le plus grand bonheur de ma vie. C'est une infidèle que j'aie convertie durant ma croisade et que je ramène pour qu'elle ne retourne pas derrière moi à ses idoles.

Alors, le bruit se répandit dans Bruges que le noble pèlerin avait converti une infidèle et qu'il la ramenait, et tout le peuple lui offrit un banquet où il occupa la place d'honneur, ayant à sa droite l'étrangère et à sa gauche sa femme. Il jouit beaucoup de voir comme on admirait la beauté brillante de son amante, mais l'un et l'autre pourtant étaient pensifs, ce qui les fit considérer par tout le monde comme deux saints.

Quand fut sonnée l'heure de prendre le repos, sa femme, qui avait perdu beaucoup de sa gaieté à le pleurer durant sa croisade, lui dit avec gravité :

— Je suis bien fanée et bien déshabituée du plaisir, mon seigneur ; il ne faut pas que vous veniez dans mon lit, mais je veux être la servante de celle à qui vous avez donné le Paradis, et je la prendrai avec moi pour la nuit.

Clorinde était épouvantée à l'idée de reposer seule, tandis que celui qu'elle adorait serait dans les bras de sa femme : aussi accueillit-elle cette solution avec un extrême bonheur. Il les aida l'une et l'autre à se déshabiller, puis lui-même il prit place dans le second lit de la même pièce.

Ainsi vécurent-ils tous trois, et souvent, dans le long hiver des Flandres, comme le froid était rigoureux, l'une ou l'autre de ses femmes venait lui tenir compagnie.

Bruges est une ville voilée d'arbres et mirée dans des canaux, sur laquelle sans trêve fraichit le vent du nord et sonne le carillon. Mais quand ils regardaient les cygnes frôler sans bruit les quais, ils se souvenaient que Venise sur ses lagunes met des concerts et des femmes passionnées. L'un et l'autre aimaient que la nuit emplît d'ombre les trop minutieuses élégances de l'art flamand et ne laissât subsister que l'élan impérieux des masses architecturales. Sur la grande place des Halles, quand le soir faisait du beffroi simplifié une noble citadelle florentine, Clorinde songeait à des hommes hardis qui habitaient là-bas de durs palais tout pareils et qui les premiers l'avaient serrée dans leurs jeunes bras, et lui se souvenait aussi que, sur les larges dalles des rues toscanes, des choses confuses avaient agité son âme.

Ainsi ne pouvaient-ils, sans une douloureuse ivresse, se souvenir de leurs jours d'Italie. Non point que ce passé, à tout prendre, eût été préférable aux lentes promenades qu'ils faisaient maintenant dans la brume de la mer du Nord et aux soirées qu'ils passaient derrière les vitres à reflets métalliques de la rue aux Oies, mais leur caractère était de repousser la médiocrité, tandis que la Flamande se contentait, si elle leur avait préparé un bon repas ou bien chauffé la maison.

Le Flamand mourut d'une maladie de cœur, et ses deux femmes, comme on disait à Bruges, firent pitié à tout le monde; mais, quoique l'épouse donnât de grands témoignages, sa douleur n'approcha pas du sentiment de l'infidèle, qui, elle, perdait celui qui lui avait fait connaitre la vérité.

Cette belle personne entra aux Rédemptoristes, que le peuple nomme les Sœurs rouges, parce qu'elles sont vêtues de chemises et de bas en soie rouge. Elle se condamnait à n'envelopper que de soie son beau corps, afin d'expier les voluptés que jadis elle avait connues, hors des bras de son mort. A chacun de ses pas le froissement de la soie lui rappelait ses affreux péchés.

On dit qu'elle voulut mourir la première, pour être quelques instants encore couchée seule avec lui dans la tombe.

L'autre femme vécut fort longtemps dans le béguinage où elle s'était retirée. J'y suis allé chercher leur mémoire. Rien ne saurait, que la douceur mouillée de ce mot « béguinage », évoquer ces eaux qui entraînent des algues, ces saules déchevelés, ce tiède soleil adoucissant la teinte des briques, le souffle léger de la mer, le carillon argentin et la tristesse de cet enclos où elle

ILS REGARDÈRENT LES CYGNES FROLER SANS BRUIT LES QUAIS.

continua sa pauvre vie qui n'avait jamais été qu'une demi-vie. Par-dessus les maisons basses, rien ne pénètre cet endroit désert, ni les appels de la volupté, ni les bruits de l'opinion. Mais de l'amour et de la vanité emplissant le monde, qu'avait-elle jamais su? Rien ne fleurissait en son âme qui fût plus compliqué qu'en la cour du béguinage, carré irrégulier, tendu d'une prairie que coupent d'étroits sentiers et d'où montent, comme des palmes de Pâques, de longs peupliers frêles.

Ses derniers vœux de petite vieille furent qu'on l'ensevelît aux pieds des deux défunts, et cela ne surprit personne, car on les tenait pour des bienheureux. Elle voulait aussi qu'on la figurât en bronze sur leur tombe, à la place du chien de fidélité qu'on y couche pour l'ordinaire. Mais cette modestie parut excessive et contraire au sentiment de famille; aussi dans l'église les voit-on installés tous trois comme des pairs, côte à côte, et tenant chacun la banderole sur laquelle sont inscrites les pieuses paroles qu'elle avait choisies : « Marthe, Marthe, pourquoi vous agitez-vous? Marie a choisi la meilleure part. »

Pour moi, je proteste contre cette négligence où l'on tint sa juste volonté, je m'oppose à cette injurieuse égalité où la voilà haussée malgré elle! Et quand tout le monde loue les misérables primitifs, tous les Memling et toutes les vertus assoupies, je magnifie la splendeur italienne, la passion qui ne sommeille pas et qui a les gestes de la passion : la passion active.

Que celle qui naquit pour être servante repose dans l'éternité aux pieds de ses nobles maîtres! Dieu n'eût pas employé en Flandre une âme bonne à faire une Vénitienne. Que la petite Flamande se contente d'être estimée! Nous n'aimons et n'honorons que la chère rédemptoriste, et si je m'émeus dans un béguinage, c'est que, du fond de la médiocrité, je me retourne plus ardemment encore vers les magnificences de la passion tendre et décorative.

Décembre 1892.

UN AMOUR DE THULÉ

> Au pays de Thulé, dans l'eau, un roi jeta sa coupe d'or, pour voir l'eau ridée et pour soupirer.

Dans Séville, sa patrie, Violante scandalisa par sa beauté et ses imprudences, car elle avait à vingt ans la manie romanesque d'aimer comme une sœur les jeunes gens de son monde les plus beaux, les plus spirituels et les mieux nés. Elle croyait, bien à tort, que des sentiments nobles et une conduite irréprochable permettent de mépriser tous les chuchotements. A la suite de quelques affronts, elle quitta l'Espagne, après avoir épousé un jeune Français de qui ce mariage entrava la carrière et détruisit la santé.

Ils voyagèrent trois années, puis habitèrent Paris, et comme elle terminait sa vingt-cinquième année, elle devint veuve.

La famille de son mari l'avait acceptée sans bonne grâce, car c'étaient, malgré leur beau nom, des gens d'esprit bourgeois, à qui toute étrangère semblait un peu rastaquouère, et celle-ci n'était pas faite pour les rassurer. Aussi, demeurée seule, ils ne lui prêtèrent nul appui dans la société, où sa générosité d'âme, mille bruits venus d'Espagne et sa grâce inimitable compromirent très vite sa situation. Il arriva en outre, comme c'est le bonheur à cet âge, qu'elle accepta les hommages d'un jeune homme.

On ne sut rien de précis sur leur intimité, mais, selon la coutume, on en profita pour supposer le pire. C'était exact. L'essentiel est qu'ils se conduisirent l'un envers l'autre, dans cette liaison qui dura huit ans, avec infiniment de tact et de délicats procédés. Jamais ils ne se chagrinèrent volontairement, mais, au contraire, ils s'ennoblirent l'un l'autre en se prouvant que tout n'est pas vilenie et sentiments bas dans ce monde. Ainsi vécurent-ils, lui, clairvoyant, désœuvré, attentif et reconnaissant; elle, altière et fantasque avec les indifférents, tendre et dévouée pour lui. Le mariage ne les tenta pas un instant; c'eût été compliquer d'obligation des habitudes qu'ils avaient prises sans tant de formalités.

Ils se rencontraient dans le monde, au théâtre, aux courses, et, presque chaque jour, passaient de longues heures côte à côte dans leur appartement de l'avenue Montaigne. La jeune femme, insensiblement glissée du meilleur monde dans la société des hommes, semblait s'en contenter. Il s'accordait avec elle sur tous ces sujets et goûtait infiniment le pittoresque et la netteté des sensations qu'elle lui communiquait du ton d'une enfant rassasiée.

Elle se complaisait surtout dans une conception romanesque de la vie, que jadis elle s'était composée et qu'elle aimait au point de ne pas accepter l'échec de ce rêve de petite fille; une belle existence, disait-elle, c'eût été de lier une amitié parfaite de frère et sœur avec des jeunes gens très raffinés, et de vivre dans une atmosphère de plaisir, de beauté et de confiance, comme des enfants fiévreux qui s'embrassent et se partagent leurs jouets. Et lui, parmi ces imaginations dont les essais, malgré tout, l'avaient un peu salie, il éprouvait un singulier plaisir, très fin et très profond, qui était de s'attrister sur cet être composé d'optimisme, de douceur et de sensualité. Son esprit, en

Un roi jeta sa coupe d'or pour voir l'eau ridée.

Pour lui, il ne se lassait point qu'elle lui racontât les aventures qu'elle avait eues à Séville et dans ses voyages.

Elle lui parlait des ânons d'Afrique, des beaux fruits d'Andalousie, du climat des Baléares; elle trouvait l'Italie un peu fade auprès de son âpre Espagne, détestait l'Angleterre, et, dans l'Europe centrale, ne gardait de sentiment que pour les soirs d'été aux restaurants de Carlsbad, où chantent les gitanes sous le nom de *lothars*.

outre, s'épurait à la suivre, parce qu'elle jugeait les choses sans souci de moralité, uniquement d'après son sens du beau et sa passion de la délicatesse.

Cependant, sur le visage de cette chère amie, il ne distinguait pas l'épanouissement du bonheur. Eût-elle voulu plus d'agitation? Se croyait-elle imparfaitement aimée? Parfois il l'interrogeait :

— Non, répondait-elle, je ne souffre pas, mais il me semble que j'ai joui de tout...

Il la pressait dans ses bras sans un mot, car il sentait qu'elle avait raison. De beaux chevaux, les admirateurs les plus soumis, toutes les satisfactions du snobisme le plus méticuleux, elle les avait possédées, et maintenant elle ne trouvait plus de plaisir, même chez sa couturière. En somme, elle souffrait d'un épuisement nerveux.

Une idée où souvent elle revenait, c'était de visiter les pays d'Extrême-Orient, et il comprenait très bien qu'elle s'en composait avec des potiches, des soies brodées et quelques amusantes figures de la légation chinoise, une idée purement légendaire, dépouillée de toute grossière réalité. C'était la seule expérience que cette personne imaginative n'eût pas tentée ; elle croyait à la Chine, n'ayant pas eu l'occasion d'y constater cette part d'insuffisance qui déshonore tout ce qui vit. Elle disait fréquemment :

— Quand je vieillirai, mon bien-aimé, et que, décidément, je me sentirai incapable de jouir des objets que je possède, je partirai là-bas, j'enverrai des cadeaux et je mourrai.

Comme elle avait de romanesque tout ce que peut en contenir une âme sans tourner à la niaiserie, cela lui plaisait d'avoir une fin mystérieuse et de se noyer dans la foule des hommes, comme une petite bête malade dans la Seine. Ah ! par un soleil très chaud, mourir presque abandonnée dans un hôtel de Shangaï et par son dénûment forcer la miséricorde de Dieu !

Enfin, le sentiment du vide dont ils souffraient devint tel qu'elle jugea l'instant venu qu'ils se quittassent, et quoiqu'il sentît qu'ils ne pouvaient plus rien pour le bonheur l'un de l'autre, cela cependant lui fut une peine extrême, car c'était fixer son attention sur ceci que leur bonheur était fini. Elle lui communiqua son attristant projet, puis évita d'en parler. Ce fut par ménagement et pour que des prières n'affaiblissent pas sa résolution. D'un accord tacite, ils affectèrent de considérer qu'elle entreprenait une simple excursion aux pays d'Extrême-Orient. Seulement, la dernière fois qu'ils se virent, dans cet appartement où ils avaient tant vécu, tout leur être fut bouleversé. Dans l'antichambre, obscure à cette tombée du jour, près de la porte qui, durant des années, avait été pour eux la porte de l'unique univers, et qui n'allait plus être, devant leur imagination, que l'entrée d'un tombeau, ils s'embrassèrent longuement : non point comme un amant et sa maîtresse, mais comme deux êtres de même race, qui se sont rencontrés sur la terre et qui n'ont pas été hypocrites l'un pour l'autre.

— Promets-moi, lui dit-elle, que quelques fois encore tu viendras ici ! Conserve toujours notre chez-nous, et que chaque bibelot demeure où nous le laissons aujourd'hui. Si quelque femme te plaît, n'aie point scrupule de l'accueillir, pourvu qu'elle te soit une sincère amie, car je souhaite simplement que tu sois heureux. Un soir pourtant, rien que le soir de Noël, je te demande de demeurer seul dans cet appartement.

Elle pensait qu'à Noël il se fait de grands mystères dans la nature ; cette nuit-là, les objets ont des âmes et deviennent vivants.

— Promets-moi, répétait-elle, de venir, avec toutes ces choses qui nous ont entourés, penser à notre bonheur de jadis.

Elle dit cela d'une telle tendresse, d'un ton si épuré des misères de la jalousie, qu'ils éprouvèrent, l'un et l'autre, l'amer plaisir du dévouement, quoiqu'ils ne sussent à qui ni à quoi ils se dévouaient, et leurs yeux se remplissaient de larmes. Ah ! qu'ils se sentaient misérables de cette impuissance à se donner aucune allégresse et peut-être honteux de ne plus jouir que dans la douleur !

Il agit comme elle désirait et, dans cet appartement contracté de silence, il venait, à des intervalles inégaux, passer une heure à recomposer les images du passé. Bien qu'elle eût promis d'écrire et de lui donner ses adresses successives, il ne recevait rien de la voyageuse. D'ailleurs, s'il en souffrait, c'était une mélancolie délicieuse, de l'espèce « plaisir de se détruire », à penser qu'il avait laissé tomber sa belle coupe d'or, son amie, dans le gouffre.

Or, huit mois passés, et comme Noël approchait, les messageries déposèrent rue Montaigne un coffre rempli d'objets précieux de la Chine. Il ajourna de les examiner. Puis le soir où, pour fêter la naissance de l'Enfant-Jésus, les fidèles s'embrassent dans les églises et les viveurs dans les cabarets, il s'enferma dans leur salon favori.

Les lampes, disposées aux mêmes places que jadis, répandaient sur le même décor ces lumières et ces ombres parmi lesquelles Violante et lui avaient passé tant de soirs. Chambre de toilette et de piano, tout enchantée de la douceur de leur intimité et aussi de musique passionnée! Parce qu'il s'était, dans cette vaste pièce, enivré de tendresse et de beauté, elle était remplie pour lui d'une atmosphère lumineuse et ardente, comme la voix de Van Dyck dans le chant d'amour de Siegmund. C'est là qu'aux genoux de sa maîtresse, sous le masque de la mondaine, peu à peu il avait découvert une vraie femme, un être non point tout de politesse et de jolis gestes, mais plongé dans l'humanité et très voisin encore de cette petite fille qui jadis jouait avec des poupées. Ce piano, ces grandes glaces, cette table de toilette, ces vastes armoires si gaies de sa lingerie enrubannée, n'étaient points des objets, mais des amis et les plus affectueux familiers; ces sels qu'elle maniait en causant, et sur quoi si souvent elle pencha son visage émouvant, ce vase bleu où elle se plaisait à disposer des tulipes jaunes tachées de vert, de rouge et nommées d'une façon si amusante « tulipes perroquets ». toutes ces gentilles vieilleries, qui la distrayaient comme des joujoux pour grande personne, s'étaient assurément ajouté quelque chose de spirituel et qu'on peut dire une âme, en recevant la caresse de son toucher, de son regard et de sa voix si tendre dans l'amour. Les fleurs entre ses mains et sous le souffle de sa jeune bouche vivaient autant que de gentilles bêtes : elles ne sont plus qu'un légume depuis que l'amie n'est plus là, qui les animait de sa complaisance!

Cependant, les objets peu à peu lui parlaient... D'abord la grande glace à trois pans où instinctivement elle composait ses attitudes, mettait au point sa beauté. « C'est ici, se disait-il, quand j'admirais la variété, la souplesse, les combinaisons de sa grâce, que le beau m'apparut comme une chose vivante, comme l'ensemble des qualités utiles d'un être. Violante m'a dégoûté des musées et des bibliothèques, où les choses sont immuables et sèches; c'est par elle que j'appris la sensualité un peu humide de la beauté. Pour moi, elle remplaçait aussi les forêts et l'océan et la splendeur de la nuit dans la solitude, car leur senteur, leur infini et leur mélancolie, je les possédais selon que ses cheveux étaient composés avec art ou dénoués en petite fille, et surtout quand ses yeux se noyaient de bonheur sous mes lèvres.

« Voici ses tables de toilette et les objets familiers qu'elle ne voulait point que je touchasse, s'empressant elle-même à me servir, amusée, disait-elle, mais, je le sentais bien, menée par un sentiment plus profond, la volupté de s'humilier, elle, si charmante, pour mieux aimer.

« C'est dans l'embrasure et la pleine lumière de cette fenêtre que de son visage parfois j'ai détourné les yeux, les jours où ses traits étaient tirés et son expression fatiguée, non point que ce cerné me fût désagréable — quelque chose à désirer pour elle me l'eût fait aimer davantage, — mais parce que je craignais que, consciente de sa passagère infériorité, elle ne souffrît de mon regard.

« Enfin, voici la vaste bergère où nous passâmes les premières heures, si factices toujours, de notre liaison. Dehors, c'étaient de tristes après-midi de neige; en nous, des sentiments mêlés de désirs et de calculs. Mais un jour, après deux mois et quand le premier feu s'épuisait, elle me dit enfin, à l'occasion d'une impertinence dont elle m'avait froissé, le mot profond, celui qui touche l'intime de l'être, plus décisif que tous les mots d'amour et même que le premier tutoiement sur une bouche qui meurt. Mot atroce, qui d'un caprice fait une chose grave et transforme ceux qui l'échangent! Comment restituer le ton passionné, la voix basse dont elle dit en glissant dans mes bras : « En amour, mon chéri, il n'y a pas « d'amour-propre. »

Mot de saveur trop forte, sensuel comme un vice, et qui, arraché à une créature de finesse et de grâce qu'enivre la passion, démoralise tout l'être plus que ne feraient vingt ans de débauche. Sous cette noblesse apparente des sentiments sincères, quelle vase où se noient la dignité de l'homme et toute fierté! L'amour enseigne le désintéressement, certes; mais c'est du meilleur comme du pire qu'il nous détache. Apre et douloureuse simplification! L'ordinaire des

Ils s'enlacèrent longuement.

convenances, le crime, les humiliations, les tares physiques, plus rien n'a de sens pour ces deux-là qui désormais ne connaissent qu'eux au monde. A l'ensemble des lois qui régissent tous les êtres, l'amour substitue un pacte; il interprète tout d'après soi-même et rompt les entraves de l'honneur pour nous lier de la chaîne des complices.

Voilà ce que rappelait au jeune homme la chambre où Violante eut tous ses doux moments. Ainsi le sens profond et le goût de la vie, sans répugnance pour nulle franchise du désir, la libération de tous les formalismes, voilà ce que lui redonnaient ces objets complaisants, ces commodités de leur amour, dans la nuit de Noël où les choses savent parler à l'âme.

Regrettait-il son amie? Non pas. « Qu'elle demeurât plus longtemps parmi nous, se disait-il, c'était superflu, car nous étions saturés : elle ne pouvait rien nous donner de plus et, quoique absente, tout ce qui nous fut assimilable de son âme demeure dans ces choses et dans moi. Ce sont des millions d'êtres aujourd'hui morts qui fournirent de beauté les forêts, les couchers de soleil, les mots de la langue, et chacun de ces bienfaiteurs, quand il avait contribué à cet enrichissement de l'univers, comme Violante quittant son mari, n'avait plus qu'à mourir.

« Mais Violante, après avoir augmenté de son poids l'objet de son amour et ces objets inanimés, n'avait pas terminé son rôle. Elle n'avait pas épuisé sa vertu vitale. Petite graine infatigable, elle s'est confiée au vent. Elle est allée porter de l'âme par delà les mers... »

A cet instant, il songea aux témoignages que Violante lui expédiait des pays lointains. Caisses déclouées et pleines des bibelots mystérieux et froids, où s'étaient posées ses complaisances de voyageuse avec ses plus tendres souvenirs. Successivement il dégagea et mania des potiches, des soies, des bronzes; vainement il essayait de surprendre leur secret et qu'eux aussi ils lui parlassent en ce soir de Noël.

... « Parmi des milliers d'objets, là-bas, dans les bazars, Violante a préféré ceux-ci. Elle les a choisis, comme elle m'avait choisi et comme d'un commun accord nous avons choisi tant de plaisirs ensemble; mais ces étrangers ne peuvent rien me dire. Elle est allée vers eux, elle les a compris tout de suite, et moi, je ne les entends pas. Serait-il possible que nous ayons été deux êtres vivant une même vie, mêlant nos pensées au point que les mots les plus nuancés nous étaient grossiers et même superflus, et que cependant son instinct soupirât vers des choses qui pour moi n'ont pas de sens? »

Alors il se rappela qu'elle accueillait parfois dans ses songes des formes grimaçantes, fantastiques, terribles, dont elle s'émouvait sans les traiter de cauchemars. Elle se plaisait à broder, dans les beaux travaux de soie où s'endormait son âme ardente, des dragons, des licornes, le phénix, la tortue et le glouton, qui sont les rêves de l'Extrême-Orient. Et descendant plus avant dans la conscience de cette exilée, qui souvent par les soirs d'été avait dans ses beaux yeux des pleurs de bonheur, il retrouva l'accent profond dont elle vantait l'odeur de roses et de mort des ruelles de Cordoue. Ainsi, femme et tentante et faite pour provoquer la vie, elle aimait tout ce qui aide à la décomposition, comme si elle eût mieux joui de sa beauté parmi ce qui meurt et mieux établi son empire sur des forces désagrégées.

Tous ces emballages avaient mis dans la pièce l'odeur fade et la fièvre mourante qu'exhale une tombe.

« Sans doute, à cette heure, rêvait-il, au pays où la décomposition est la plus rapide, elle a épuisé sa force nerveuse et dispersé son âme tout entière. Elle a contenté son inépuisable prodigalité en faisant bénéficier ces Chinois de quelques parties d'elle avec quoi je n'avais pu prendre contact. (Peut-être aussi, je le puis supposer sans fatuité, leur a-t-elle dispensé quelques parcelles de moi qu'elle avait accueillies.) Sa tâche est remplie. Conformément à son vœu, cette caisse m'apparaît comme le signe de sa mort. Je n'ai pas la force de protester contre le choc que je reçois des événements. Bien que rapprochés l'un de l'autre pendant quelques années, nous étions deux destinées. Je ne me désolerai pas; déjà tombe l'oubli, sable fin qui efface les formes particulières. J'ai un peu de dégoût à voir ma sensibilité comme un mince collier de perles baroques qui jouent sur un fil lâche. Dans cette chambre, que nous eûmes raison de faire de la musique! Elle nous construisait, hors du temps et de l'espace, un paradis où nos désirs, se confondant pour quelques minutes, nous donnaient l'illusion de ne faire qu'un être. »

Or, s'étant mis au piano, dans les premières lueurs de cette aube si triste de Noël, le jeune homme entonna le chant d'amour de Siegmund, avec la pensée que peut-être, dans un hôtel de l'Orient, elle choisissait pour mourir cette nuit où elle était sûre qu'il répétait leur passé. Et, mêlée à son chagrin de cette mort, sa vision très nette de la méthode impassible du monde lui composait un sentiment d'impuissance et d'amertume. Détresse amère à constater le peu de grains qu'enlèvent au sable de la rive les frissons propagés par la coupe qui tombe au gouffre de Thulé.

LE SECRET MERVEILLEUX

> Elle le reçut, avec l'air d'une femme qui possède le secret merveilleux : le sérieux qui couvre et permet toutes les fantaisies.
>
> (*L'Ennemi des Lois.*)

Comment m'est-il resté dans la mémoire, cet insignifiant jeu de mots par assonance, que j'entendis à Rome, il y a quelques années, d'un prélat italien? On parlait d'un homme fort considéré au Vatican pour son érudition et sa capacité dans les affaires de l'Eglise, qu'on opposait à son privé, à ses galanteries, et à ses spéculations. « Il a voulu entrer dans les ordres, dit en badinant le prélat, puis il s'est mis du tiers ordre, et le voilà dans le désordre. »

Sur l'instant, l'objet de ces lazzi entra. Fort jeune encore, mais le visage déshonoré par un eczéma, d'étranges yeux d'une teinte glacée et morte, de la gaucherie dans ses manières, mais avec cela de la décision et, grâce à son port de tête, l'ensemble d'une jolie bête de proie, gâtée par les entraves que met le code à la satisfaction des appétits trop violents.

Il ne dit rien qui ne fût dur des ennemis

Des jardiniers les suivaient à distance pour effacer leurs pas avec des rateaux.

de la cour romaine, et chacun sait que c'est par des haines communes que se lient fortement les hommes ; mais tout être ayant un peu l'habitude du vice, de l'ambition et de l'amour de l'argent, eût distingué aisément, aux plis de cette bouche et dans ce regard, la distraction et la réserve qui trahissent une vie en partie double.

Ce pouvait être un mercenaire de l'Eglise ; assurément, ce n'en était pas un fidèle ! En voilà un qui possédait le secret merveilleux de la vie de société ! Certes, dans cette existence, il y avait tous les mouvements de la passion, les pires désordres, oui, mais sous la surface la mieux ordonnée ! Présenter à l'opinion une telle image de soi-même qu'elle puisse, sans renier ses principes habituels, nous maintenir sa considération ; faciliter aux austères d'être nos dupes : voilà, je le vérifiai sur l'instant, la science qu'il possédait et qui est l'indispensable pour qui veut se servir des hommes.

Elle est trop délicate, l'attitude d'un directeur de conscience vis-à-vis de la mondaine qui le reçoit à sa table et de qui il a entendu les péchés au confessionnal : évitons de placer à notre endroit la société dans une situation aussi fausse ! Un homme déréglé se doit entourer de la plus sévère correction.

Il y a dans Saint-Simon, une histoire ramassée en quelques lignes et qui fournit un saisissant tableau, bien propre à illustrer la moralité que je développe ici. C'est d'un archevêque qu'il s'agit.

Le grand observateur nous le montre déjà sujet à de légères attaques d'épilepsie et qui reçoit toutes les après-midi, la duchesse de Lesdiguières, et toujours tous deux seuls. Tel jour, enfin, il passa la matinée à son ordinaire jusqu'au dîner, et son maitre d'hôtel, venant l'avertir qu'il était servi, le trouva assis sur un canapé et renversé : il était mort. « Le père Gaillard fit son oraison funèbre à Notre-Dame : la matière était plus que délicate, et la fin terrible. Le célèbre jésuite prit son parti ; il loua ce qui méritait de l'être, puis tourna court sur la morale. »

Voilà déjà qui n'est pas mal pour nous faire comprendre les conventions de la société, mais le trait puissant à nous enseigner, et qui souligne comment le monde veut qu'on l'abuse, c'est quand Saint-Simon dit de l'archevêque :

« ... Il voyait tous les jours de sa vie sa bonne amie, la duchesse de Lesdiguières, ou chez elle ou à Conflans, dont il avait fait un jardin délicieux et qu'il tenait si propre qu'*à mesure qu'ils s'y promenaient tous deux, des jardiniers les suivaient à distance pour effacer leurs pas avec des râteaux.* »

Ah ! ce jardin mélancolique et cette belle ordonnance auprès de ce vieillard désordonné, que voilà selon mon goût, une image convaincante ! Râteau admirable et qui symbolise délicieusement la culture morale des sociétés vraiment civilisées : dans l'âme, le bohémianisme ; à l'extérieur, l'austérité !

Puisque aussi bien l'aspic ne fut pour Cléopâtre qu'une âme parlante posthume, elle aurait pu, courtisane et reine, graver au coin de ses papyrus, ce râteau symbolique.

On admet, en effet, que pour une nuit de son lit, elle prenait la tête de son amant passager, s'il était du commun. Et cette exigence n'était pas chez elle un caprice de femme sensuelle, mais la volonté réfléchie de maintenir l'étiquette. Ces esclaves noirs qui décapitent le témoin de leur reine en folie, font, avec les différences de temps et de milieu, exactement le même geste que les jardiniers de l'archevêque quand, derrière lui, ils effacent ses pas mêlés aux pas de son amie. Ce sabre et ce râteau signifient une même méthode de vie.

Sans doute, la reine éblouissante de l'Egypte nous paraît avoir fait une concession un peu excessive à la moralité sociale. Quelque tenue que gardent les passionnés d'aujourd'hui, aucun d'eux ne maintient si rudement le *décorum*. Peut-être Catherine de Russie aura-t-elle, la dernière, allié avec tant de vivacité le goût de la débauche au sentiment de la dignité personnelle. Nos mœurs, d'une douceur jusqu'ici inconnue, réprouvent les pudeurs excessives de Cléopâtre. Cependant, aujourd'hui encore les êtres nobles voilent leurs passions. Le cynisme toujours a quelque basse allure. Nous aimons que derrière nous on efface.

Ce n'est point hypocrisie, pharisaïsme ; c'est instinct supérieur de la véritable volupté, qui réclame le secret. Alcibiade fit couper la queue de son chien pour le plaisir d'égarer l'opinion, car l'élégance de sa sensibilité l'empêchait de jouir de rien qui fût public. Il s'organisait une vie inconnue. Il goûtait avec frénésie la joie d'être différent de ce qu'il paraissait. Etre et paraître ! Les grands aventuriers affirment qu'ils y trouvent une intensité de plaisir nerveux qui triple les domaines du vivre.

C'est l'histoire du prince Rodolphe, dans Eugène Sue, grand seigneur et ouvrier, et du Vautrin de Balzac, prêtre, diplomate et forçat, qui passionnèrent si fort l'imagination populaire. Mais voilà des traductions grossières. Selon moi, le piquant n'est pas de posséder un vestiaire nombreux, mais plusieurs âmes. Il s'agit moins de faire un personnage dans beaucoup de milieux différents, que d'avoir une vie intérieure secrète. Quel faux nez du prince Rodolphe vaudrait la joie de garder dans son âme un refuge ?

Combien il doit être vif, le frisson de ces aventureux qui, tout en s'accommodant de leur milieu ordinaire, goûtent et réalisent les voluptés de deux ou trois vies morales différentes et contradictoires ! C'est peu vivre de ne faire qu'un personnage. Et je pense parfois avec un goût extrême à cet homme étrange, dont le prélat disait : « Il a voulu entrer dans les ordres, puis il s'est mis dans le tiers ordre et le voilà dans le désordre. »

Sans doute, il est fâcheux que sa mémoire soit liée pour moi à un badinage de mots aussi pitoyable, mais cette tache de sang trop âcre qui masque son impassible visage me révèle qu'il possède le don précieux, qu'on peut blâmer, mais qu'il est difficile de ne pas admirer : le sérieux qui couvre et permet toutes les fantaisies.

Octobre 1892.

LA HAINE EMPORTE TOUT

Sur les bancs de la Chambre, on peut comprendre la haine. Bien peu la manifestaient durant les longs mois où elle eût été impuissante, mais en décembre 1892, par éclairs, je l'aperçus qui défigurait des visages. Panama, Panama !... J'ai vu tel causeur s'arrêter, étranglé d'un spasme de bonheur, quand passait un adversaire, le regard inquiet, les joues blanchies et tombantes. La haine, comme une bête qui sort de son affût, m'est apparue dans les yeux, entre les dents des vaincus de la veille.

Et je me suis rappelé une dure histoire des guerres civiles d'Espagne.

Il y avait à Séville, en 1869, une veuve riche et de bonne naissance, de ces femmes qui passent leur temps chez les fournisseurs, excellent à s'habiller et avivent encore leur charme d'un gentil air de camarade. Les jolis plis de sa robe étaient d'une Parisienne, mais là-dessous, à ses moindres mouvements, se révélait le *salero* national, cette sorte de souplesse violente, bien nécessaire pour relever le désir sous ces torpeurs d'Andalousie et qui trahit une âme tendue comme un ressort.

Son père siégeait dans les assemblées au groupe carliste, ce qui doit être entendu, non pas au sens de monarchiste, mais de patriote. D'une race qui par l'Inquisition s'est délivrée des juifs et des protestants, il n'admettait pas sur le trône un étranger. En 1850, il échoua dans des élections où les pires insultes lui furent prodiguées, car il avait de la valeur. Sa fille, tout enfant, connut l'angoisse du journal attendu, qu'on déploie et où s'enchevêtrent d'invraisemblables potins, dont il reste toujours quelque salissure. Un de ses frères fut estropié en duel. Puis, en 1869, don Carlos ouvrant la campagne dans le Nord et le parti s'agitant en Andalousie, la police impliqua le vieux politicien dans une affreuse histoire de mœurs. En plein midi, à travers Séville, il fut traîné en prison, où il mourut, étouffé par son désir de vengeance.

La jeune femme, sans délai, traversa toute l'Espagne pour rejoindre en Navarre don Carlos. Voilà le vengeur. Devant son imagination, ce prince était beau comme le jour, — comme le jour où elle ferait pleurer ses ennemis. Vers lui elle courait, ses petits poings serrés, avec la fièvre qu'elle aurait eue à courir à la pendaison des insulteurs et des assassins de son père.

Elle eut beaucoup à craindre et à souffrir dans ces étroits sentiers de Navarre, car les carlistes qui les tenaient avaient l'humeur pillarde et ils vexaient même les femmes. Ainsi ils portaient à leur ceinture d'énormes paires de ciseaux qui servent à tondre les mules et dont ils coupaient les longs cheveux des Basques soupçonnées de « libéralisme ».

J'AI VU TEL CAUSEUR S'ARRÊTER, ÉTRANGLÉ D'UN SPASME DE BONHEUR, QUAND PASSAIT UN ADVERSAIRE

Enfin la diligence, avec son escorte de brigands, à travers les hauts rochers et le long du torrent étroit, débusqua dans la sombre petite ville d'Estella, forteresse du *carlisme*.

— Don Carlos est à confesse, il communiera demain matin, lui dirent, avec mille plaisanteries de soldats, tous ces volontaires qui encombraient les noires arcades de la place, et dont les regards hardis, à ces tristes heures du soleil couchant, étaient plus effrayants encore que les propos.

Réfugiée, après bien des recherches, dans une misérable « fonda », d'où elle écrivit à don Carlos, elle pensait attendre le jour sans autres complications. C'était compter sans les inconvénients d'une ville où il y a plus d'hommes que de femmes. Une douzaine de chefs s'étaient réunis au rez-de-chaussée et, après avoir beaucoup bu et tapagé, ils se lassèrent même d'outrager la fille de l'auberge, comme ils avaient coutume depuis quinze nuits, et commandèrent qu'on leur amenât l'étrangère, — qualité qu'il plaisait à ces ivrognes de confondre avec celle d'adversaire.

Elle dut descendre. Ses longs cheveux, épars sur sa toilette de nuit, établissaient assez qu'elle avait su justifier de son loyalisme devant les ciseaux des volontaires, mais ces débauchés n'y voulurent voir qu'une séduction de plus. Après des jeux qu'il serait peu généreux de mentionner, presque tous violèrent cette élégante jeune femme, dont les cris n'attirèrent personne, car, dans Estella, sitôt que les cloches de l'Angelus s'étaient tues, de telles protestations n'étaient que l'ordinaire.

A l'aube, demeurée seule, l'âme et le corps défaits, mais plus touchante encore de tant d'affronts, elle pénétra jusqu'au roi.

Ce prince de vingt ans, et fort sensible aux femmes, s'émut sincèrement d'une telle vexation. Il essuya les cheveux mouillés de vin de sa jeune partisane : à défaut de femmes qui pussent l'aider, il voulut lui-même la dévêtir et, toute rompue, la porter dans le seul lit de cette pauvre maison, dans son lit royal encore tiède.

Incapable, dans une telle détresse, de suivre plusieurs sentiments à la fois, elle ne savait que lui répéter : « De tels traitements à moi qui suis l'une des vôtres ! » Blottie contre l'énergique poitrine de son roi, cette personne de vingt-six ans s'engourdissait avec confiance. Fille privée de son père, jeune femme sans amour, royaliste insultée par les libéraux, elle avait tant souhaité ce protecteur ! Et par une pudeur bien naturelle, elle s'étendait sur ses griefs de Séville plus volontiers que sur les outrages récents.

À L'AUBE, DEMEURÉE SEULE...

L'enquête ouverte établit en moins d'une heure que les coupables étaient les plus populaires et les plus énergiques chefs de bande de don Carlos. Soldats obscurs, ils eussent été fusillés sans délai. Mais on rapporte que la jeune femme dit au prétendant qui peut-être hésitait : « Vingt bons soldats peuvent me rendre plus d'honneur qu'ils ne m'en ont ôté. » Et voilà une admirable réponse.

Le certain est que don Carlos convoqua les hommes, et six, sur son interrogatoire, s'étant déclarés célibataires, il invita la jeune femme à désigner celui qu'elle acceptait pour mari.

— Sire, demanda-t-elle, à qui d'eux Votre Majesté donnerait-elle le commandement de la province de Séville?

Et comme elle entrevoyait une interrogation :

— C'est, dit-elle, qu'ayant deux vengeances à poursuivre, je ne veux en abandonner une que pour mieux satisfaire l'autre.

Sur l'assurance que le mari de son choix recevrait en cadeau de noces de pleins pouvoirs sur la province de Séville, elle réclama le premier audacieux qui l'avait molestée. Ils furent mariés, ce matin même, à la messe où le roi communia. Mais don Carlos au sortir de l'office, commanda au nouvel époux une mission périlleuse. Galanterie de jeune homme qui désirait qu'une femme aussi agréable demeurât libre.

Elle aurait dû, ce semble, peu tenir à son brusque mari. Mais c'est méconnaître l'esprit de suite d'un être passionné. Après deux jours, quand le carliste revint, harassé, sa baïonnette faussée et ses habits sabrés sur sa poitrine intacte, elle l'accompagna sous sa tente pour laver le sang et la poussière dont il était couvert. De ses mains il avait étranglé des libéraux! Et dans l'ivresse qu'elle eut de respirer sur lui le carnage des ennemis morts, elle oublia l'odeur du vin et ces haleines par quoi, à leur première rencontre, elle avait été souillée; elle se donnait toute à l'image de Séville bientôt terrifiée.

Dans la suite, le drôle fut pendu à Pampelune. Il avait toutes les vulgarités et aucune vertu. Mais c'est moins par les qualités que par les haines communes qu'on se lie. Exécrer un même homme! Ah! la raison puissante de s'aimer!

SUR LES PLACES SI FROIDES, AUTOUR DES CATHÉDRALES.

La haine n'est pas un bas sentiment, si l'on veut bien réfléchir qu'elle ramasse notre plus grande énergie dans une direction unique, et qu'ainsi, nécessairement, elle nous donne sur d'autres points d'admirables désintéressements. Pris tout entiers par une haine, nous sommes capables de pardonner de petits froissements, comme il ressort de l'histoire de cette jeune femme qui en pardonna douze.

La haine emporte tout ; c'est dans l'âme une reine absolue. Mais, entre toutes les haines, la plus intense, la plus belle, s'exhale des guerres civiles, et cette reine des reines, je l'entrevis, en décembre 1892, aux couloirs du Palais-Bourbon.

AUTOUR D'UN SALADIER DE VIN CHAUD.

LA FIDÉLITÉ DANS LE CRIME ET LA HONTE

(*Sensations de Noël*)

A cette date de Noël, qui ne sent un léger désir de poésie? Sur les places si froides autour des cathédrales allemandes, il suffit d'avoir une âme de petit enfant et d'écouter le vent qui siffle pour entendre, cette nuit, les plus belles légendes. Elles nourrissent une vaste littérature plébéienne : quelque bandit qui est plus proche du cœur de Dieu que le magistrat qui le juge; une prostituée qui monte au ciel ; un galeux soudain vêtu de lumières célestes... Après tant de siècles ne serait-ce pas un écho des aventures qui touchaient le plus fortement l'imagination des affranchis, des courtisanes et de cette tourbe souillée, où le christianisme tira ses premiers adhérents? On ne conquiert pas le monde par des raisonnements, bien qu'il soit nécessaire d'en avoir par derrière de solides...

Or, voici qu'aujourd'hui quelques-uns croient entrevoir les premiers feux d'une révolution sociale. Ils ne précisent rien, mais ils pensent qu'un enfantement considérable aura lieu bientôt sous nos yeux, et que nous tenons à peu près l'emploi du bœuf, de la vache et de l'ânon qui, sans y comprendre grand'chose, dans l'étable de Bethléem, assistaient à la naissance mystérieuse...

Cette semaine, j'ai eu la curiosité de descendre dans les derniers rangs de notre population parisienne. Je cherchais ce que la légende y pourra recueillir de frémissant et de particulier ; j'étais curieux de distinguer quel sentiment un peu noble les révolutionnaires pourraient exalter avec le plus de succès, s'ils avaient besoin de faire appel à la force imaginative, à la sensibilité profonde de ces grouillements mal connus que forment le vice et le crime à Paris.

Je suis allé aux plus infâmes et aux plus avilis, à ceux que notre organisation écrase. J'ai voulu connaître ces hommes dégradés par leurs mœurs, qui rejettent nos lois, nos institutions, notre société, qui ignorent notre philosophie, notre science, nos arts, et qui menacent la civilisation même ; je me suis demandé quel sentiment subsiste en eux qui ait une beauté, et de leur sinistre physionomie quel trait émouvant pourrait passer dans de futurs « Noëls anarchistes ».

Un soir, je suis entré dans un bal public où je savais ne trouver que les prostituées des boulevards extérieurs et les escarpes des fortifications. Quelque chose d'aussi infâme que les faubourgs antiques de Suburre.

La salle était froide, mal éclairée, humide d'odeur et d'aspect. D'étranges jeunes garçons, mal venus, aux gestes imprévus et rapides, simulaient entre eux des attaques de savate, des gestes d'étrangleurs et le coup du père François ; de pauvres petites filles malades, obscènes et d'une élégance de cauchemar, se groupaient à deux, à quatre, autour d'un saladier de vin chaud. Nulle noblesse ; rien que maladie, misere et vice. Ah! me disais-je, sur cette pourriture qui flue à travers les cadres de notre société, quelle prise pourraient avoir les apôtres eux-mêmes de la Révolution? Ces êtres-ci sont incapables de collaborer à quoi que ce soit ; bons pour piller, détruire, je ne les imagine pas soulevés et associés dans un sentiment. Ce ne sont point des barbares tout neufs ; ce sont des déchets.

Mais soudain de l'orchestre retentit une polka. Cavaliers et danseuses se rejoignirent avec des vivacités de jeunes chiens...

Alors ces cris, ce fracas des cuivres, ces femmes aux bouches lourdes de scrofule et leurs hanches si expressives, le petit corps vif de ces jeunes bandits composaient un spectacle affreux, mais de la vie enfin et qui peu à peu me parlait.

Cette musique, les visages émouvants de ces créatures, la virilité affectée par leurs abominables amants, tout me disait leur unique fierté, leur seul sentiment sincère : « Nous sommes le bagne et la honte, mais nous avons des sentiments fidèles. »

L'ordinaire des convenances, le crime, les humiliations, les tares physiques, rien n'a de sens pour ces êtres qui, s'étant choisis, ne connaissent désormais qu'eux au monde. A l'ensemble des lois qui régissent les groupements modernes, leur amour substitue un pacte ; ils ont rompu les entraves sociales, mais plus étroitement se lient avec la chaîne des complices.

Je crus encore entendre ces femmes me dire : « Il fait bon aimer dans la peur, derrière des cloisons où l'on tremble, et, bien intact, presser dans ses bras celui que traque la société. »

Petites filles des couvents du Sacré-Cœur, vos amours sont trop fades ; vous n'y mettez rien que de la vanité et une petite sensualité ; mais dans les amours de celles-ci, élèves du Sacré-Cœur de la Butte, il y a la volupté d'avoir peur ensemble. Et ces hors-la-loi se garderont leur foi dans les pires difficultés, jusqu'à Saint-Lazare, jusqu'à la guillotine, bien que l'anneau nuptial, ils ne l'aient pas reçu du maire ni du prêtre, mais que très souvent ils l'aient pris au doigt d'un assassiné, de qui elle, Vénus, tenait les pieds, tandis que lui, Mars en casquette, frappait.

La fidélité dans le crime et la honte ! C'est, à bien y regarder, le seul sentiment par où ces créatures si affreuses, lamentables et repoussantes, les prostituées du boulevard extérieur, gardent quelque valeur morale. C'est leur générosité, leur part de désintéressement. Aucun être humain n'est complètement privé de poésie. S'aimer à travers tout, se garder son dévouement dans la prostitution, dans le crime, c'est le point d'honneur chez cette masse énorme de filles et de souteneurs qui enserrent nos grandes villes.

Une si désolante population peut-elle être rapprochée des courtisanes et des affranchis qui furent un bon terrain pour la première propagande chrétienne ? Ceux d'aujourd'hui, comme ceux de jadis, approuveront l'apôtre qui prêchera le mépris des vieilles lois, qui viendra juger les mérites et les démérites d'un nouveau point de vue. Mais pour convaincre de tels êtres, maintenant comme il y a dix-neuf siècles, c'est peu de raisonner, il faut atteindre leur imagination, découvrir par quel côté ils sont sentimentaux et s'il leur arrive quelquefois de pleurer. Ayez des dogmes par derrière ; ayez le *Capital*, de Marx, la « loi d'airain », mais poussez quelques fables jusque dans les cœurs.

Le premier christianisme adopta la sensibilité des misérables, des plus humbles ; il en fit une part de sa poésie. A la toge du citoyen, il substitua la gausape de l'esclave. Comme nos conteurs chrétiens glorifient les Pallas, les Narcisse, les Thaïs, complaisants des palais de Rome ou habituées des bouges d'Alexandrie, nos anarchistes lettrés s'émeuvent sur les rôdeurs et rôdeuses des fortifications. Hugo, Tolstoï, Dostoïewski ont commencé à vouloir que nous vénérions des souillures morales et des tares physiques. Leurs filles, leurs mendiants, leurs voleurs, leurs assassins, leurs ivrognes nous ont attendris, en dépit de toutes leurs ignominies, par une amitié qui les réunit. Chez ces héros dégénérés, le haut enseignement, l'Université nous invitent à reconnaître une noblesse encore obscure, que des esprits religieux nomment *solidarité*, mais qui n'est rien qu'un cas d'*affinité*.

Je vous laisse bien libres de hausser les épaules, mais je vous signale cette nouvelle complaisance. Le bouleversement social se fait en déclassant les mérites et les démérites plutôt qu'en modifiant les codes, et par une explosion de sensibilité mieux que par la dynamite.

Décembre 1893.

SUR LA GLOIRE

Certaines célébrités sont simplement de la notoriété : c'est là qu'atteignent à peu près tous les Parisiens (journalistes, romanciers, dramaturges, acteurs et criminels). D'autres sont synonymes de grande considération : ainsi nos académiciens. Au-dessus de ces deux catégories qui, l'avouerai-je ? me semblent dénuées d'intérêt, il y a la Gloire !

Quelques êtres s'emparent du monde par une sensibilité qui sonne d'accord avec nos cris les plus sincères, et telle que, dans nos moments les plus intenses, les images imparfaites qui surgissent en nous se confondent avec l'image qu'ils nous laissèrent. Pour les personnes voluptueuses, Cléopâtre meurtrie des caresses d'Antoine qui fuit sur sa galère; Alcibiade et Disraéli, pour les raffinés d'hypocrisie; Racine, Dickens et Dostoïewski, pour les désœuvrés qui aiment à pleurer; Bonaparte, pour qui rêve d'agir : voilà la gloire! Elle n'a que faire du Panthéon ni des harangues officielles.

Que les moralistes excommunient Byron; que les sages humilient Lamartine, nous sommes tous avec cette femme qui, vers 1860, étant par hasard dans un bureau de journal, vit un homme, misérablement vêtu, toucher à la caisse quelque argent d'un article, et, quand elle l'entendit nommer : M. de Lamartine! elle tomba raide, évanouie de douleur.

Femme, chère femme, bien digne de comprendre la gloire, c'est-à-dire de serrer dans son cœur le nom, l'image, toute l'âme de ces véritables princes, de ces « puissances de sentiment »! Les admire-t-on comme des phénomènes prodigieux, les aime-t-on comme les plus intimes amis? Ils enthousiasment, intimident, désespèrent et font pleurer. « Si les pleurs et les soupirs ne peuvent porter le nom de plaisir, — disait, dans une phrase d'extrême tendresse, l'abbé Prevost, — il est vrai qu'ils ont une douceur infinie pour une personne mortellement affligée. » Rien ne ressemble plus aux troubles d'un amant que l'émulation de celui qui sent les prestiges de la supériorité.

Mais où la gloire passe en force l'amour, c'est qu'elle retentit pendant des siècles à travers les âmes. Jeanne de Naples tua le frère de sainte Brigitte en posant sur les lèvres de ce jeune homme, qu'elle avait éperdu de sa provocante beauté, un baiser devant toute la cour. Mais le baiser de cette merveilleuse courtisane perdit sa force, du jour que ses lèvres humides se décollèrent, tandis que ceux qui possèdent la gloire, après même qu'ils sont descendus au tombeau, étourdissent encore les jeunes gens — et des jeunes gens qui, pour n'être pas les frères d'une sainte Brigitte, appartiennent cependant à des milieux honorables et pondérés.

... Regards ardents et cerclés de noir, cœurs tumultueux des enfants de vingt ans, qui rêvez des illustres poètes, des capitaines, des amants ou des aventuriers marqués par la gloire, je vous prends à témoin qu'elle est *ce qui ne meurt pas !*

Quand j'avais dix-neuf ans et que je vis le grand Victor Hugo tout croulant de vieillesse, je souhaitai d'avoir ses quatre-vingts années ; joyeusement, pour vivre ses brèves dernières heures de gloire, j'aurais donné les longs espaces ouverts devant moi. Et joyeusement aussi j'aurais donné ma vie pour une nuit de Cléopâtre, pourvu que cette Cléopâtre fût très jeune, un peu impertinente, correcte et romanesque avec désespoir. O misère, prodigalité de l'adolescence!

Pour corrompre et pour ennoblir les âmes, l'amour, dira-t-on, vaut la gloire. Non pas! Le sortilège de la gloire dépasse toutes les magies de l'amour, car la vieillesse ni la mort ne le peuvent exorciser. La momie de Cléopâtre! alors qu'aucun des amants de ce corps divin n'eût pu le voir sans dégoût, le jour qu'on l'enroula de bandelettes, elle nous passionne encore après tant de siècles, nous qui ne sommes que des amants de la gloire.

La prééminence de la gloire sur l'amour s'affirme surtout en ceci que l'on n'aime jamais mieux qu'en pressant dans ses bras l'objet de sa tendresse, et que l'on n'admire jamais plus qu'en n'approchant pas son idole. Ainsi s'explique la conduite de la Divinité qui n'apparaît jamais qu'à la campagne et qui refuse d'entrer en relations avec les habitués du boulevard. Mahomet, qui fréquentait Allah, semble lui avoir emprunté cette règle de vie. Il évitait avec un soin extrême les indiscrétions sur sa méthode de travail. Quand il eut fini de dicter le Coran, qu'il composait sous l'inspiration divine, il fit pendre son secrétaire.

Les meilleures réussites humaines nécessitent des petites précautions dans la coulisse. Malheureusement les bonnes traditions se perdent. Aujourd'hui ceux qui prétendent s'organiser de la gloire laissent donner sur leur personne des détails minutieux. J'entrevois l'instant, où nous serons si parfaitement avertis les uns sur les autres que nous saurons que nous ne sommes tous que des niais.

Il y a une grâce hautaine, et bien faite pour séduire les imaginations romanesques, dans le rêve d'un Lamartine enveloppé de mystère et laissant tomber d'une main invisible ses chefs-d'œuvre sur le monde. Distinguez-vous quel serait l'empire d'un Hugo si l'enthousiasme des masses se doublait de curiosité irritée ? On peut en juger par ce fait que, dans le recueil des *Causes célèbres*, les assassins les plus goûtés sont ceux qui réussissent à garder l'incognito.

La légende de « Psyché et l'Amour » prouve la délicieuse puissance d'un baiser anonyme. Rien de plus exquis que d'être violemment ému par un être invisible. Comme nous ne pouvons pas le critiquer, il est bien près de nous paraître parfait Mais Psyché a-t-elle respecté l'incognito de son amant ? Elle a trop vite allumé le flambeau.

La vérité, c'est qu'à notre époque le succès transforme l'artiste en homme public. Tel se met jusqu'au cou dans cette publicité, nul ne saurait en éviter les éclaboussures. *L'Intermédiaire des Chercheurs et des Curieux* devrait nous dresser la liste des auteurs qui ont réussi à garder l'anonymat.

D'ailleurs, êtes-vous assurés qu'une œuvre puisse exister complètement en dehors de celui qui l'écrit ? Si beaux qu'on les imagine, les poèmes eux-mêmes possèdent-ils une vie indépendante de la vie du poète ? Le cordon ombilical n'est jamais coupé. Les poésies d'Ossian varient de valeur, selon que vous les croyez la composition d'un habile lettré du siècle dernier ou le cri spontané d'une société naissante. Les biographies des grands hommes font, dans bien des cas, le plus intéressant de leur œuvre.

HUGO, SI VOUS NE VOYEZ PAS SON ROCHER DE GUERNESEY, PERD DE SON ÉLÉVATION.

La vie, le caractère de Gœthe ne complètent-ils pas le sens philosophique de ses ouvrages ? Byron demeure peut être une figure plus poétique que tous les personnages qu'il a inventés. Hugo, si vous ne voyez pas son rocher de Guernesey, perd de son élévation. Si vous voulez ignorer que Gilbert a avalé la clef de sa cassette sur un lit d'hôpital, que Racine assistait aux prises de voiles des jeunes filles parce qu'il aimait à pleurer, que Châteaubriand bâillait malgré les divines attentions de Mme Récamier, vous supprimez une part importante de vos plaisirs; vous diminuez l'*esprit* de l'écrivain pour ne garder que la *lettre*.

Etre tout à la fois célèbre et inconnu, glorieux et défendu, c'est un rêve de petite fille, le joli rêve d'un royaume de féerie. J'ai vu à Venise le balcon du palais où la petite Helena Cornaro pleurait quand on voulait qu'elle vînt voir les fêtes du carnaval. Elle ne se plaisait que dans la solitude et le silence de ses hautes salles parfumées. Ainsi nous, les masques qui s'agitent dans la rue nous déçoivent; nous nous penchons pour voir la vie, et pourtant nous n'avons de goût que pour nos songeries! Quelle inconséquence! Fermez toutes les fenêtres de votre beau palais. Qui trotte se crotte.

Octobre 1892.

L'EXAMEN DE CONSCIENCE DU POÈTE

Paul Bourget (dans *Cosmopolis*) : « L'écrivain Dorsenne avait très peu de cœur. »
Je réponds : L'essentiel, c'est qu'il ait de l'imagination.

Le Tasse venait d'épuiser les derniers beaux mois de sa vie. Dans la chambre de sa sœur morte, à Sorrente, il avait pleuré; il avait mené la danse des jeunes filles de Bizaccio et, sous les portiques du Monte Olivetto, par les nuits napolitaines, plusieurs fois encore il s'était complu à décrire le fantôme qui le visita à Ferrare. Désormais la volupté ni le mystère ne l'intéressaient plus. Tant de génie épandu à strophes pressées l'avait laissé vieillard grelottant. Son imagination, jadis une des plus abondantes de l'humanité, se resserrait en humeur sombre, et il n'avait jamais eu beaucoup de cœur, ce qui le privait des consolations normales d'une fin de vie.

Dans les hautes salles si froides du Vatican, où il attendait le triomphe que lui préparait un pape enthousiaste, les prévenances des amateurs les plus illustres l'obsédaient. Même il ne réclamait pas son ami, le marquis Manso.

Quelle belle biographie romanesque on pourrait composer de ce Manso, de qui l'on ne sait rien, sinon que, tendre, courtois et extrêmement beau, après avoir servi les derniers jours du Tasse demi-fou et humilié par la misère, il distingua et aima cet autre grand poète, Milton! Ainsi capable de reconnaître les génies, Manso assurément excusait leurs particularités. Il sollicitait d'entrer dans leurs beaux palais imaginaires sans prétendre qu'ils s'intéressassent eux-mêmes à sa petite maison d'honnête homme.

Le Tasse vieilli voulait du soleil, de longs silences, une belle ordonnance autour de son assoupissement. Il demanda de se réfugier au couvent de San Onofrio. Nous tous, pèlerins du Nord, nous y sommes montés tour à tour, pour nous livrer au fleuve de mélancolie qui nous emportait toute l'âme, dès que nous disposions d'une journée de solitude dans cette Rome confuse et trop vivante.

Le vieil oranger où s'assirent Byron, Chateaubriand, Lamartine, était jeune quand il abrita la dernière après-midi du Tasse! C'était en mars, mois déjà tiède. L'immense paysage était couvert de lumière et de douceur, toutefois sans lyrisme ni passion, car le poète n'avait plus la force d'élever les choses jusqu'à la beauté. Ce n'était pas Rome, son Colisée et sa campagne tragique que son esprit voyait, mais une ville qui prépare son repas du soir dans la laideur des ruines. Sa figure ne présentait plus cette contraction qui avait déterminé jadis des personnes de bon sens à l'interner chez les fous. « Le voilà calme! » disait la foule qui tout le jour se pressa dans l'enceinte du petit couvent, afin de voir le héros de la semaine. Mieux renseignés, ces visiteurs eussent dit « Le Tasse, aujourd'hui, n'est plus le Tasse. »

En vain, un jeune moine, ému de participer à cette gloire, dénombrait-il au poète les visiteurs : « Voilà les hauts dignitaires de l'Eglise, les magistrats de la ville, les plus nobles seigneurs, et tous vous admirent ». Le Tasse ne jouissait pas de ces hommages; il avait trop souffert de tant d'injures subies et il divisait l'ensemble des êtres en deux parts : lui-même, puis les autres, qu'il enveloppait de méfiance. Il n'aspirait qu'à n'être plus jugé.

Des jeunes femmes et des jeunes hommes, beaux à voir pour leur santé, leurs parures et leurs galantes amitiés, se tenaient sous les portiques avec leurs lévriers en laisse et des violettes à la ceinture. Mais le Tasse pensait : « Une plus belle m'a dédaigné ! » Et n'ayant plus assez de sève pour

Il avait la réputation de manquer de cœur. On accusa sa sécheresse. Et nul ne se douta qu'il s'épuisait en scrupules sur l'estime où Dieu tiendrait la *Jérusalem délivrée*.

... Cependant, à la faveur de l'ombre plus épaisse, s'étaient approchés des hommes et des femmes en haillons, maintenus par des religieuses. « Les hospices ! » dit le moine, et ce garçon, impressionnable parce qu'il était très nerveux, se mit à pleu-

— Les Hospices ! dit le moine...

désirer Léonore et l'envelopper d'illusions, il la détestait comme le principe de toutes ses souffrances.

Au soir l'Angélus tinta sur la ville. Fut-ce le son liquide des cloches qui, chez ce grand homme, éveilla ce qui restait d'imagination ? Fut-ce la brume qui, couvrant Rome, les pins du Pincio et les pierres déjointes du Colisée, restitua le tragique du soir sur des ruines ? Au moine qui l'obsédait de ses naïves adulations, il répondit : « Ce n'est pas du laurier des poètes, mais de la gloire des saints dans le ciel que je désire être couronné. »

rer d'admiration qu'un mourant fût célèbre jusqu'à intéresser les malades et les indigents.

... Les hospitalisés partirent, la nuit tomba et le Tasse méditait toujours ! Le moine, las de ce silence, était allé s'émouvoir avec ses camarades. Seule, une petite bossue demeurait à contempler avidement le vieillard, et lui, que n'avaient pas distrait tant de personnes, considérables ou gracieuses, il étendit vers elle les bras. Lui, l'immortel qui célébra les filles les plus dignes d'amour, le sang frais qui s'échappe des jeunes guerriers mourants, tous les pathétiques enfin de la puberté vigoureuse qui meurt sans inspirer le dégoût ou qui cède à la volupté sans paraître impure, il cria vers cette pauvre infirme : « Ne t'en va pas, demeure, tu me seras plus consolante et plus belle que Léonore. » Mais la bossue, épouvantée, dans la nuit, commença de fuir.

On crut à un accès de démence; on le coucha, et il mourut cette nuit. Pour moi, j'estime, à l'encontre, qu'il ne montra jamais un raisonnement plus solide. J'acquiesce à la solution qu'il me paraît avoir donnée ce soir-là au problème de la responsabilité littéraire.

Cette petite bossue l'enthousiasma en lui démontrant qu'il n'avait pas été un poète inutile. Les jeunes gens élégants et les jolies femmes ont des amis, des maîtresses, des parents, et leur bonheur se fait quand un cœur trouble leur cœur. Pour ces favorisés, nulle morte imagination ne vaudra un vivant qui les aime. Mais à la chétive bossue un poète, fût-il par ailleurs le plus distrait et le plus sec des hommes, apparaît avec raison comme l'incomparable bienfaiteur. Qu'importe qu'il manque de cœur au jour le jour de la vie, s'il distribue du romanesque à ceux de qui l'existence est toute dénuée!

Le Tasse s'endormit assuré de son salut éternel. Il venait de se convaincre qu'il avait donné un son capable de transporter les êtres hors de leurs misères familières. Quelle satisfaction de constater qu'il avait permis à cette petite bossue de voir faux, c'est-à-dire d'être contente pendant quelques heures! Après tant de jours d'affaissement, il éprouva un enthousiasme dont vous surprendrez le témoignage sur son masque moulé à son lit de mort. « On y trouve jusque dans le calme de la mort, remarquait Lamartine, on ne sait quelle obliquité des traits qui rappelle la démence luttant avec le génie. » C'est mal dire une chose bien vue. On y trouve ce qui doit être chez tout poète : une sensibilité excessive, une imagination qui emporte tout, capable de nous séparer, de nous aliéner du reste de la vie. En ce sens, c'est un aliéné, et qui fait des aliénés. Le poète n'a point à s'attarder sur des misères individuelles. Qu'il nous entraîne dans un bel univers, c'est tout son devoir, sa vertu efficace.

Décembre 1892.

DE LA VOLUPTÉ DANS LA DÉVOTION

Dans les premiers mois de l'année 1893 parut en Belgique un livre intitulé *Une Ame princesse*, réponse à l'*Ennemi des Lois*.

Dans une note liminaire, l'auteur, le docteur Pol Demade, disait : « Ce livre répond à l'*Ennemi des Lois;* en effet, M. Barrès supprime les lois pour faire le héros de son livre, nous nous soumettons à la Loi pour faire le nôtre. »

M. Pol Demade juge que le catholicisme, loin de refroidir le cœur humain, en attise puissamment la flamme. Se soumettre à la loi! voilà le cri de ce catholique passionné, le secret où gît selon lui la plus ardente volupté. Et de savoir s'il a raison, c'est un enivrant problème de psychologie. Quelle intensité, en effet, ne doit-on pas trouver sous un ciel où les étoiles sont les regards d'un Dieu!

La jeune femme aimée par le personnage énigmatique que met en scène M. Demade se nomme Albine. « Albine, dit-il, était une dévote, et je ne vous souhaite pas une autre femme qu'une dévote... Elle ne m'aima jamais plus et je ne l'aimai jamais mieux que le sang de Jésus-Christ dans son sang et dans mon sang... *J'en étais arrivé à deviner, rien qu'à ses caresses et à ses baisers, le secret de ses communions multiples...* S'il lui arrivait, le matin, d'interrompre mon travail ou mes études d'un baiser plus passionné que d'autres, je lui disais : « Tu as communié ce matin?... » Plus tard, ce fut pour nous l'expression sacrée entre toutes. Communier, pour nous, c'était *faire provision d'amour.*

Le dirai-je? Ces pointes extrêmes du catholicisme, cet amour charnel qui, dans sa défaillance, s'enlace et se fait porter par l'amour divin, ces mélanges sensuels et religieux me sont suspects. Quelque chose d'équivoque m'attire et me repousse.

Certes, — étant donnés les personnages et le milieu si abondamment exposés dans les neuf cents pages du récit de Mme de Craven, — je comprends le sentiment qui poussa Albert de la Ferronnays jusqu'à offrir à son Dieu sa vie, pour qu'Alexandrine d'Alopeus, schismatique et qu'il aimait, connût la vraie religion. Peu après il mourut, et auprès du lit de leurs brèves amours, devenu par l'intensité de son vœu d'idéaliste un lit de mort, une parcelle de l'hostie qui allait être son viatique fut la première communion de son amie, enfin devenue catholique...

Oui, un tel sentiment et cette exaltation, encore que je n'aie pas qualité pour les éprouver, je les puis en quelque mesure partager ou tout au moins admirer. Les *Récits d'une sœur!* chef-d'œuvre mal ordonné, bien gauche de rédaction et trop long, mais tout frissonnant de cris héroïques, auprès de quoi sont sèches les interjections chevaleresques de Pierre Corneille et basses les apostrophes humanitaires du jeune Saint-Just ou de Rousseau... Mais cette ardeur impure et, dans l'œuvre de M. Pol Demade, ces deux cœurs de feu qui se pressent avec une fièvre avivée par l'Eucharistie! Je sens là quelque égarement, un trouble, l'ardeur des hérésiarques!

Mystérieuse frontière, fumées de l'imagination, ligne idéale où la dévotion, l'amour et le sentiment de la mort se confondent! On s'intéressera toujours à ces tendres secrets des cœurs malades qui, pour avoir raffiné sur les réalités de l'amour, ne parviennent qu'à scandaliser!

Quelques pages de l'ouvrage de M. Pol Demade avaient particulièrement frappé une petite société d'esprit libre. M. Demade jette l'anathème à « ces hommes si bassement jaloux qu'ils disputent à Dieu le cœur de leur femme », et il déclare : « Je ne souhaite pas une autre femme

Un des invités descendit avec moi les Champs-Elysées.

qu'une dévote. » Là-dessus quelqu'un fit des objections : « Je comprends l'amertume d'un amant auprès de sa maîtresse qui baise les pieds du Christ, un soir de Vendredi-Saint. C'est vraiment douloureux de n'occuper pas tout entière celle qu'on aime, et il faut quelque indulgence pour les formes même excessives de la jalousie. Oui, c'est une chose tout à fait mélancolique de ne se sentir aucune prise sur un être passionné et beau, que la noblesse des rêves religieux détourne et dégoûte des bonheurs toujours imparfaits que nous lui pouvons proposer. M. Pol Demade a tort de nous défendre de souffrir dans l'instant où notre amante prosternée pleure sur un autre que nous. Mais je me hâte d'ajouter que s'il y parvenait, que s'il réussissait à me guérir de cette jalousie, je regretterais qu'il supprimât de l'amour quelque façon de souffrir. Alléger l'amour d'une parcelle de souffrance, c'est du même trait nous priver d'une part de volupté, car, dépouillé de tristesse, l'amour serait réduit à de brèves crises d'instinct véritablement négligeables. »

Après un débat assez abondant, on s'accorda sur ceci que l'influence du christianisme nuance toute notre conception de la vie. C'est un phénomène d'atavisme auquel aucun de nous n'échappe. L'amour, tout en conservant son utilité pratique et bien qu'il donne encore quelques instants pour assurer la perpétuité de l'espèce, a pris une forme religieuse, une exquise idéalité. La plupart de nous s'efforcent d'y faire pénétrer la notion religieuse du sacrifice, du divin. Et je le sentis toujours comme un brisement de cœur. C'est une conception où s'accordent les tempéraments les plus opposés, s'ils sont un peu cultivés. Auguste Comte, adorant dans sa maîtresse l'Humanité entière, n'est pas éloigné de M. Pol Demade cherchant la saveur de son Dieu sur les lèvres d'une fille de vingt ans qui pleure de passion dans ses bras.

Quand nous sortîmes, l'un des invités, descendant avec moi les Champs-Elysées, me conta l'histoire suivante :

« Avez-vous habité Rome ? C'est là vraiment que nous trouvons moyen d'accorder nos pensées avec l'idée chrétienne. Toutes nos préoccupations familières s'y ennoblissent de mélancolie, et la mélancolie voluptueuse à Venise, passionnée en Andalousie, polythéiste, me dit-on, en Grèce, à Rome devient religieuse, voire catholique.

« J'y rencontrai un prêtre qui devint mon ami, comme il avait été celui de Montalembert, de Maurice de Guérin, d'Ozanam et de tous les catholiques romantiques du milieu du siècle. Son âge et la qualité de son esprit lui donnaient du prestige devant mon imagination de jeune homme, enivrée par une longue solitude. Cette ville a vu chanceler les âmes les plus superbes. Mais ce qui m'accablait plus encore que ce climat épuisant et que les souvenirs de Rome et de l'Eglise, si lourds à porter pour un individu, c'était une liaison, contrariée par les mille inconvénients ordinaires, avec une jeune femme romaine.

« Une semaine que j'avais erré, sans espoir de l'approcher, et que j'avais ajouté à ma fièvre en cherchant à distraire ma jalousie, je pensai que je n'aurais de paix qu'à raconter mes misères et que je ne trouverais un digne confident qu'au confessionnal. Je m'adressai à ce prêtre, il m'écouta, comme je l'avais prévu, avec une parfaite indulgence. Seulement, il s'étonnait, d'après les idées que nous avions souvent échangées, que je pusse trouver une volupté si aiguë dans une aventure qu'il devinait, en somme, assez banale.

« Je m'expliquai plus à fond : « Je ne
« l'aime, lui disais-je, ni pour sa beauté,
« ni pour les contentements qu'elle m'offre ;
« j'ai même quelque horreur de son assu-
« rance de jolie femme heureuse : mais,
« avec ses vingt-six ans, elle a, parfois, le
« matin, son visage un peu fripé, et le pli
« de sa bouche m'attendrit de tristesse. Je
« pense qu'elle et moi nous sommes de pe-
« tites choses qui nous accrochâmes par
« hasard dans ce confus carnaval de la vie,
« et que bientôt, des dix ou trente per-
« sonnes qui l'entourent, moi seul sentirai
« encore battre mon cœur quand on pronon-
« cera son nom... Nul ne m'a fait mieux
« connaître combien toutes choses sont pé-
« rissables. Ne me donne-t-elle pas le goût

« du sacrifice ! Tout bas, j'appelle de mes « vœux l'instant où elle sera vieille et moi « encore un homme jeune. Nous aurons « quarante ans l'un et « l'autre, et, cessant de « m'être une occasion de « médiocrités, comme est « tout désordre, elle me « demeurera pourtant un « fiévreux prétexte à la « mélancolie, — qui est « ce que je préfère. »

« Ce prêtre, qui ne détestait que les tièdes, déplora mon égarement sans le mépriser. Il prit dès lors quelque plaisir à visiter avec moi les choses d'art, que nous goûtions à peu près de la même manière, mettant au-dessus de tout les œuvres ardentes et graves.

« Un jour que nous passions devant l'église *della Vittoria*, il m'invita à contempler la fameuse *Sainte Thérèse* du Bernin, — grande dame autant que sainte, évanouie d'amour et défaillante d'un alanguissement tel qu'en aucune alcôve il n'en est de plus voluptueux. Je ne fus pas à demi surpris qu'il éprouvât devant une telle personne la ferveur que me révélaient son agenouillement et sa prière. Il ne répugna point à s'en expliquer.

« C'est, me dit-il, qu'avant d'entrer « dans les ordres j'ai beaucoup aimé une « jeune femme et tout à l'heure je deman- « dais à Dieu de la délivrer, soit des ten- « tations de ce monde, soit des supplices « du purgatoire (car je me suis imposé « d'ignorer toujours si elle vit encore). « Chaque fois que je passe devant une « image qui me laisse contenter le souvenir « que j'ai gardé de cette délicieuse com- « plice, sans m'écarter de mes préoccupa- « tions religieuses, je renouvelle ma prière. « La *Sainte Thérèse* du Bernin, par ses « allures de grande dame amoureuse et de

La Sainte Thérèse du Bernin.

« sainte passionnée, convient particulière- « ment pour élever jusqu'à l'extase pieuse « ce qui demeure en moi de tendresse ou « de complaisance humaine. »

« Cet honnête artifice qui permettait à ce prêtre de se rappeler ses troubles de jeunesse, je ne pus m'empêcher de le rapprocher du sentiment grave que je mêlais moi-même à mes galanteries. Il me sembla qu'une sensibilité analogue nous inclinait l'un et l'autre vers la religion.

« C'était sans doute son opinion secrète, car notre intimité augmenta. Six mois plus tard, quand je dus revenir en France, il me donna une preuve très touchante de sa confiance et aussi de sa connaissance de mon état : il me remit une oraison manuscrite et me pria de m'arrêter à Sienne pour la prononcer en son nom devant le fameux *Évanouissement de sainte Catherine*, du Sodoma.

« J'étais fort affligé de quitter les lieux où vivait ma belle Romaine ; le talent si touchant du Sodoma, la singularité de la démarche, poussèrent-ils à bout mon esprit? La délicieuse nonne, pâmée aux bras de ses suivantes, la tête renversée de volupté et les yeux noyés d'extase, me rappela les brèves maladies dans lesquelles la jeune femme qui remplit ma jeunesse m'avait passionné plus encore que par l'épanouissement de ses vingt-cinq ans. L'heure que je passai dans la noble et solitaire église de Saint-Dominique me fit goûter les charmes de ma religion et ceux de ma maîtresse confondus, avec une vivacité dont le souvenir, parfois retrouvé devant telles poupées divines, mais plus barbares, d'Espagne, m'apparaîtra à mon lit de mort, je le prévois, comme la minute où je vécus le plus abondamment...

« Hier encore, dans la petite cathédrale de Prague, si pauvre, mais fortement parfumée et encombrée de figures coloriées, ma mémoire sensuelle retournait vers ces ardentes alcôves que sont telles églises d'Espagne et d'Italie. Combien de fois, dans un espace de dix années, n'ai-je pas fait oraison selon la méthode de mon vénérable ami de Rome? Pour me conformer à son désir, j'ai brûlé le papier qu'il m'avait confié, mais je me rappelle que cette prière, c'était un parallèle entre les merveilleuses images de dévotion créées par le Bernin ou par le Sodoma et la maitresse pour l'âme de qui il priait. Afin d'intéresser sainte Catherine, il lui disait comment son amante, elle aussi, eût été digne d'inspirer le peintre. Avec une grande chasteté d'expression, il décrivait ces seins, ces hanches, ce port de tête, ce corps ployé, ces beaux yeux noyés de tendresse et ce soupir qui monte jusqu'à leurs lèvres. Et chacune de ses strophes, d'une piété qui surprendrait et peut-être offenserait partout ailleurs qu'à Séville et qu'à Rome, se terminait par ce cri vers la sainte : « Le soupir qui gonflait le sein « de ma maîtresse, ô sainte! je le recueille« rai sur tes lèvres. »

Et voilà, conclut mon narrateur, ce qu'est, tout au fond, le néo-catholicisme : une façon de mêler la sensualité à la religion. Au fond de cette piété indifférente au dogme, il y a le goût du brisement du cœur : une volupté, mais à peu près dépouillée de bassesse.

Mars 1893.

En Espagne

Grenade. — Alhambra.

EN ESPAGNE

Avril-mai 1892.

EXCUSES A BÉRÉNICE

J'ai beaucoup connu et caressé une jeune femme nommée Bérénice, et pour faire une atmosphère harmonieuse aux sentiments mélancoliques et fiévreux que je lui voyais, je l'ai installée dans le pays d'Aigues-Mortes. Ces landes bien nommées et la sensibilité de Bérénice, qui est, elle aussi, une eau morte d'où montent des rêves au soleil couchant, firent, en se confondant, un jardin dont les délicats me surent gré.

Oui, quand je présentai ma maîtresse Bérénice aux personnes de mon monde, les plus sévères sourirent à cette petite fille. Et pourtant, l'ai-je mise à même de jouer dans son entier le rôle pour lequel elle était élue? A cette enfant de grande ressource, ai-je fait produire tout ce qu'elle contenait? Il y avait dans cette fille, de mœurs si douces, une force incontestable de poésie. Sa petite secousse s'est-elle prolongée aussi loin qu'il était possible? La qualité de vie qui battait sous cette peau, d'un grain si délicat, m'aurait permis peut-être de placer Bérénice au premier plan d'une grande intrigue sociale ou d'une localité célèbre, tandis que nous ne l'avons vue que modeste ermite d'un paysage de troisième ordre.

Ces scrupules m'assaillirent avec vivacité un de ces derniers soirs que j'étais à Tolède. Depuis le Miradero, voisin de la Puerta del Sol, qu'elle est puissante et vaste dans la nuit, la vue sur les ruines du faubourg d'Antequeruela! Beauté que je n'ai pas épuisée et que je ne reverrai plus, j'eusse voulu vous amener Bérénice par la main, afin qu'elle bénéficiât du style de ce site, sol, végétation, ville et ravins d'une dureté si intense, que Tolède, sur mes souvenirs d'Espagne, surgit avec la violence du cri furieux qui soudain montait dans la douceur des dimanches d'Andalousie au-dessus de l'arène des Taureaux.

Bérénice de Tolède, fille d'Andalousie.

Avec ses maisons aux fenêtres rares et sévères, toutes closes de grilles, avec ses âpres ruelles enlacées sur la roche ardente, avec les côtes décharnées qui l'entourent, fertiles seulement en cailloux et en parfum violent, Tolède, pour Bérénice, pour cette fille qui n'avait d'autre mission que d'attendrir les imaginations dédaigneuses, eût été une cage extrêmement convenable.

Sans doute, ici, Bérénice n'aurait pas les fièvres qui montent le soir des étangs d'Aigues-Mortes, mais, pour justifier son épuisement, ces étroites rues suffiraient, toujours grimpantes et descendantes, où seul le mulet ne désepère pas. Et ces pierres pointues parfois froisseraient sa cheville au point que ses yeux s'empliraient de pleurs.

Quant à la solitude, qu'est celle d'Aigues-Mortes auprès de l'indigence du désert sublime où Tolède a bâti son trône, — trône gâté de romantisme, mais tout en fer sous ses fausses fleurs ! A Tolède, petite fille, je t'eusse fait manger par le soleil. Je te vois, au soir d'une journée de fournaise, assise ou plutôt couchée au-dessus de la porte Visagra, sur la plus haute terrasse d'où la ville surplombe le ravin, aspirer la fraîcheur qui monte des boues du Tage, tandis qu'en face de toi, le dos pelé de la dure côte, courbé sous le climat comme un mulet, par son accablement contribue encore à ta défaillance.

D'ailleurs, si la rudesse de Tolède ne suffisait pas pour opprimer Bérénice et pour nous la faire attendrissante, ainsi qu'il est nécessaire, par un dernier trait nous saurions l'affliger : dans cette ville cuite et recuite, où l'odeur de benjoin qui vient des rochers rejoint l'odeur des cierges qui sort de l'immense cathédrale, nous montrerions l'enfant affamée !

En effet, il est hors de doute qu'elle, si dégoûtée, ne pourrait pas se satisfaire de la cuisine trop brève et trop malpropre de cette noble cité. Je le jure, le bienheureux Pacôme, qui fut béatifié pour ce qu'il avait mangé pendant vingt années de Thébaïde, n'est pas plus méritant que celui qui s'installe à Tolède, et, comme lui, Bérénice, aux dépens de son estomac, se fût constitué des titres sérieux à notre culte.

Ah ! je te connais bien, telle que tu pourrais exister, Bérénice de Tolède ! Pour que tu sois possible et intéressante, voici ta biographie :

Tu es une fille d'Andalousie, une petite mule comme elles sont toutes, avec des pieds qu'enfermerait aisément la main, mais qui sont, après tout, moins des pieds dessinés de chrétienne que de gentils sabots tout ronds faits pour sonner à terre et scander les provocations dans les danses. Transportée de ta belle patrie, de Malaga, par exemple, où les femmes, les chevaux et le vin sont somptueux et lourds de vie, dans l'indigente Castille, tu manifestes par un contraste violent quelle opposition il y a entre ton génie libre et facile et l'ascétisme de la vieille Espagne

Nous signifier les tristesses de l'instinct contrarié, c'est déjà ton rôle à Aigues-Mortes. Ta poésie, ton enseignement, c'est d'être une petite bête de joie, de liberté, durement froissée par les règles. Mais chez nous tu demeures toute en nuances et, malgré ton indignité, une petite fille de style français, une racinienne. Tolède accentuera singulièrement tes moindres traits. De France en Espagne, tu perdras peut-être de la grâce, mais pour acquérir ce tour de reins qu'ils ont tous là-bas, hommes et femmes, artistes et amoureuses. Ce n'est plus au *Musée du Roi René*, rempli de l'art lucide, un peu glacé, si fin, de la première Renaissance française, que se composera la qualité de ton âme ; tu t'endurciras parmi les tragiques poupées qui nous offrent dans l'ombre des églises espagnoles les plaies de Notre-Seigneur et de ses martyrs. Ta distraction ne sera plus de baiser les longues oreilles de ton âne, mais de courir au cirque des Taureaux et d'y acclamer la bête sanglante jouant avec de beaux hommes

Au résumé, Bérénice, passée d'Aigues-Mortes à Tolède, mais toujours émouvante dans le même sens et fidèle à ton rôle, qui est de faire aimer l'Inconscient, tu monterais de ton l'enseignement que tu nous dispenses. Cela ne serait pas mauvais, car, bien que tu ne sois pas fade, je t'assure que tu toucherais des imaginations encore plus nombreuses en accusant ton tour de reins. Au lieu d'être l'une de celles que goûtent les esprits fatigués, tu aurais été pressée dans les bras d'hommes passionnés. Et c'est d'avoir négligé de t'installer ces plaisirs, que je te présente mes excuses, ô ma tendre pleureuse !

SUR LA VOLUPTÉ DE CORDOUE

J'étais assis sur les marches de pierre, à l'ombre des murs, dans la cour de la mosquée de Cordoue. Le gardien, l'heure de son déjeuner venue, ne m'avait pas permis de rester dans le sanctuaire et, par cette belle après-midi de mai, j'attendais que, sa sieste terminée, il rouvrît les portes. Devant moi, sous les palmiers, passaient les enfants qui vont à la fontaine, et je les louais de savoir tenir leurs amphores sur leurs hanches naissantes. Chaque fois que ces petites Sarrasines posaient leurs pieds souples, j'admirais le frémissement de jeune bête qui courait dans tout leur corps, dans leurs jeunes corps, crottés et délicieux comme un raisin du bas du cep.

Près de la vieille mosquée et dans ce verger d'enfants, mon imagination, excitée par cette atmosphère de mort et de voluptés éphémères, évoqua des vers de mon cher Jules Tellier :

Philippe, Herennius, Géta, Diadumène...

harmonieux développement sur les Césars enfants, princes de la jeunesse aux lèvres faites pour les baisers, que l'univers fêtait et qui soudain, les légions acclamant un nouvel empereur, étaient assassinés avec leur père :

Et je plains ces Césars si beaux, et plus qu'eux tous,
Ce Philippe l'Arabe, au regard triste et doux,

Qui n'avait pas encor douze ans, quand un esclave
A son tour l'égorgea sans qu'il poussât un cri,
Qui savait tout d'avance et n'a jamais souri.

Quel décor eût mieux convenu à ces émouvantes images que Cordoue qui fut amoureuse de Pompée, où Sénèque naquit, où toute femme nous assassine d'un regard et d'un tour de hanche sarrasin? Antique Cordoue, mêlée de légendes romaines et mauresques, sinistre et attirante dans l'histoire comme une bague dans une mare de sang!

Entre les innombrables colonnes de sa mosquée, où le marbre, le porphyre et le jaspe prennent des teintes d'une beauté sensuelle comme de la chair et des velours, dans les furtifs jardins intérieurs où luisent doucement les faïences, tout le jour je crus entrevoir la tête si grave et si jeune de Philippe l'Arabe dont le teint mat ne fut altéré que du sang qui jaillit, le jour qu'on la planta sur une pique... Et le soir, voici la biographie que je me plus à lui composer, au soleil couchant, dans les jardins où fuit le Guadalquivir, auprès de Cordoue toute parfumée des jasmins que portent ses femmes dans leurs cheveux.

J'imagine qu'il vint, Philippe l'Arabe, dans cette campagne où je me satisfais, ce soir, de solitude. Et là même où ces bœufs soufflants, casqués de fleurs entre leurs cornes et noblement écorchés par le dard des agaves, reviennent en foulant les bardanes, les glaïeuls et les durs cailloux, pour réjouir et honorer le jeune César, fut organisée, sous des palais improvisés, une grande fête.

Je ne puis me composer une image précise, comme feraient des érudits de ce que fut cette soirée, mais à toutes les époques, des hommes et des femmes mêlés se désirent les uns les autres, en même temps qu'ils s'envient. Parmi toutes ces vanités dont il était le centre, au milieu de ces corps impurs et délicats, froissés de bijoux, Philippe était étourdi par la poussière et les obsessions des femmes. Il ne regardait avec plaisir que deux jeunes filles d'Angleterre, amenées là par quelque hasard. Leurs corps semblaient exister à peine, et l'on s'attachait seulement à leurs physionomies et à leurs yeux, qu'elles avaient divins. Les femmes faites effrayaient Philippe. Les plus belles le regardaient d'une telle façon qu'il craignait qu'elles le prissent rudement dans leurs bras, comme avaient fait les légionnaires pour l'acclamer empereur. Même quelques-unes des plus ardentes portaient la main sur lui et ne craignaient pas de froisser ses forces naissantes.

Alors ses chambellans, connaissant sa manie, firent écarter la foule; les lumières s'éteignirent, la tiédeur des nuits d'Andalousie, pénétra la salle, et un chanteur merveilleux, qui, seul, pouvait détendre le cœur contracté de l'enfant, s'avança...

La tête de Philippe l'Arabe.

Quand les dernières notes se furent échappées de son gosier, on ranima les torches, et à ce moment toutes les femmes se tenant par la main, coururent sur une grande ligne et d'un pas rythmé jusqu'à son trône, comme on voit dans les ballets. Avec l'aube naissante, l'épuisement de l'Arabe était infini. Disposé par le surmenage nerveux aux tendres cultes de l'Orient, il n'avait pas de religion. car l'armée et non les temples avait disposé de son en-

LES FAMEUSES CIGARRERAS.

fance. La ressource d'Héliogabale lui manquait qui, si souvent, au milieu des murmures romains, se renversa sur son siège, dans les cérémonies publiques, pour ne pas perdre de vue son Dieu qu'on portait derrière lui. Mais, contemplant toutes ces femmes aux bras levés, aux poitrines nues, et leur éclat passionné, et leur cou si mollement rejeté en arrière, et la vigueur de leur danse, il ne put retenir les pleurs sans cause qui soulevaient sa poitrine d'enfant encore impubère.

Et comme on s'empressait : « C'est, dit-il, que je pense qu'aucune d'elles ne sera belle dans vingt ans. »

Sans le comprendre, on s'excusait et l'on déplorait que cette fin de fête lui eût été pénible, mais il répondit : « De toute la soirée, c'est mon premier plaisir. » Et les rhéteurs ajoutèrent : « Il étouffait de ne pouvoir pleurer. »

Le hasard fit que, dans l'orgie militaire qui suivit son départ, un incendie terrible se déclara, où presque toutes les femmes furent brûlées. Le César voulut qu'on leur rendît les honneurs, mais il avait pleuré à l'idée qu'elles étaient périssables et il ne pleura point qu'elles périssent.

Tristesse et volupté mêlées, à dire vrai, indéfinissables, premières mélancolies que procure la beauté, mais aggravées ici par un isolement hors nature. Misérable et abandonné au faîte de l'Empire, sur le sommet du monde, il souffrait que tous les rapports entre lui et les êtres ou les choses fussent faussés.

On affirme qu'il y a tel de nos contemporains, M. Poincaré, le mathématicien, par exemple, qui ne saurait traiter de ses préoccupations habituelles avec plus de deux ou trois personnes en Europe ; nulle autre ne l'entendrait. Pour la métaphysique, il en va de même. Philippe l'Arabe ne composait point ses pensées dans un ordre si rare, mais les circonstances lui avaient ménagé une situation analogue, un pareil isolement.

Il manquait à cet enfant le minimum des contrariétés auxquelles, depuis des siècles, l'espèce humaine est habituée, au point que pleurer un peu est devenu une fonction qu'il nous faut satisfaire à tout prix. Réduit à une extrême ingéniosité pour satisfaire son besoin de s'attendrir, il en arrivait à saisir au vol des émotions qu'eût négligées l'ordinaire des malheureux. Il ne laissait perdre aucune occasion d'être froissé.

Nous avons vu que les honneurs des hommes et les avances des femmes l'épouvantaient. Je crois qu'il usa d'une méfiance analogue à l'égard des chiens : il les trouvait trop empressés. En revanche il se plaisait parmi les plantes et, parce qu'elles ne le léchaient pas, il les aimait : avec elles seules il se sentait dans un rapport naturel.

J'imagine que le jour où les soldats soulevés égorgèrent ce César au teint mat et aux grands yeux, c'est dans les jardins du Guadalquivir, sous les feuilles des bananiers, derrière les haies de jasmins ouverts qu'ils le trouvèrent. Jasmins jaunes, enivrants de parfums, grands cistes blancs si purs et dont les pistils dorés frémissent entre les pétales immaculés, et vous surtout, magnolias gigantesques, exubérants de fortes fleurs, je vous vis plus beaux qu'aucune assemblée de courtisanes. Vous m'avez fait entrevoir quelle souffrance doit être le bonheur parfait ! Dans le silence et la volupté de Cordoue, les battements de notre cœur étaient contrariés de tristesse angoissante, sans cause et sans douleur, simplement pour dépenser la quotité de larmes qui fut attribuée à chaque créature...

LES BIJOUX PERDUS

Je n'ai pour couvrir ce feuillet qu'une idée, un souvenir très bref, mais il me remplit d'une sensualité triste, aussi large et abondante que la senteur mise dans un alcarazas par trois gouttes d'essence de la rose des califes.

Ce souvenir, c'est un quart d'heure que je passai à la manufacture des tabacs de Séville. Le troupeau de filles, que j'y traversai par cette accablante journée, m'a donné une impression qui ne s'évaporera pas plus que le parfum laissé dans mon flacon par les œillets, les basilics et les jasmins pressés aux jardins d'Andalousie.

A l'heure de midi, après avoir franchi des rues et des cours que dévorait le soleil, dans un énorme bâtiment mi-soldatesque, mi-religieux, j'ai visité, le long des salles immenses, cinq mille femmes environ, les fameuses *cigarreras* sévillanes qui, avec un vacarme inouï de chants et de bavardages, roulent en cigares et cigarettes les feuilles de tabac.

Cinq mille Sévillanes ! qui, dans ces ateliers, perpétuellement rafraîchis d'eau et semés d'une excitante poussière de tabac, sont mi-dévêtues et font voir (sans plus de gêne que leurs yeux incomparables, leurs beaux cheveux ou leurs petites mains brunes), des bras ronds, des seins dorés, toute leur gorge, leurs mollets, et par-ci par-là ces jolis bijoux de noms trop peu gracieux pour que je veuille en dégrader ce tableau.

De ces filles, les unes balançaient du pied le berceau de leur enfant, les autres, à leurs côtés, maintenaient un chien, quelques-unes avaient interrompu leur travail pour se tapoter de poudre de riz ou relever leur teint de rouge, la plupart avaient un miroir sous la main, toutes portaient dans leurs cheveux une fleur éclatante et bavardaient.

Il y avait des petites de douze ou treize ans, mais la grande majorité faisaient voir des corps en âge d'être aimés ; et quelques vieilles femmes éparses rendaient encore plus excitantes la jeunesse et la vivacité qui les enveloppaient et qui semblaient les avoir asphyxiées comme un parfum trop fort.

Pourquoi donc, si joyeuses, ces *cigarreras* ne me laissaient-elles que de la tristesse? Pourquoi de ces jolies bêtes entassées, de ces vraies étables d'amour, n'ai-je pas emporté une note joyeuse, éclatante et facile?

Je le perçois maintenant : c'était mélancolie de tant de joyaux gaspillés.

Ces yeux noirs auraient pu donner des pleurs incomparables à ceux qui savent goûter les larmes des femmes ; ces seins fleuris, qui devraient palpiter, ne frissonneront que de plaisir sensuel ; ces petits pieds peut-être mériteraient de souiller et de détruire les plus admirables broderies, ils ne courront jamais qu'au faubourg de Triana. Eh ! je le sais bien qu'au faubourg de Triana, comme ailleurs, on répète la chanson d'amour, la chanson avec les gestes. Mais des personnes si belles devraient inspirer, inventer des airs nouveaux.

A la sortie des cigarières, j'ai vu, ce que j'eusse deviné, quelles mains indignes allaient manier ces précieux bijoux. Des créatures, si joliment faites pour collaborer à des sensibilités raffinées, ne satisferont que de simples sensualités. C'est jeter des perles. Tant de beauté gaspillée, c'est la coupe du roi de Thulé, dont s'attristent toutes les personnes délicates.

Mais un trésor enfoui, ce n'est point le plus mélancolique. Ces quatre mille femmes ne dureront que peu d'années. Une merveille qui est en train de disparaître : voilà le trait qui complique de fièvre toute volupté ! Etre périssable, c'est la qualité exquise. Voir dans nos bras notre maîtresse chaque jour se détruire, cela parfait d'une incomparable mélancolie le plaisir qu'elle nous procure. Il n'est point d'intensité véritable où ne se mêle l'idée de la mort.

Le jour où quelqu'un de nous voudra écrire une histoire de la volupté cérébrale, il devra consacrer une place importante au roi Xerxès, de qui les historiens nous rapportent cinq ou six traits qui vont profondément dans notre cœur, et tels qu'on n'en trouve pas chez nos plus raffinés modernes. Ce mélancolique, qui avait le pouvoir suprême, les plus belles maîtresses et l'incomparable climat d'Asie, promit un prix à qui lui trouverait une volupté nouvelle. Et cette volupté, c'est lui-même qui l'inventa : sur le rivage d'Abydos, voyant son immense armée qui couvrait l'Hellespont et les plaines, il se donna le plaisir de pleurer en songeant que de tous ces hommes aucun ne vivrait dans cent ans.

C'est un sentiment de même qualité qu'éprouve le passant devant ces belles créatures qui, depuis des siècles, se succèdent et disparaissent sans que leur beauté jamais ait été pleinement respirée.

Dans cette manufacture de Séville travaillent aussi quelques centaines de mules. On les emploie à tourner des machines qui hachent le tabac. Ainsi la cigarerie est bien un résumé de cette Andalousie qui vaut par ses fruits, ses fleurs ses mules et ses femmes.

Je ne voudrais rapporter de là-bas ni des fleurs, ni des fruits, car leur éclat toujours éphémère s'assombrit en quittant la fureur du ciel andalou. Une de ces enfants non plus, car, à Paris, elle deviendrait une créature déplacée. Mais j'eusse choisi volontiers une mule aux longs yeux sur laquelle j'aurais fait monter durant quelques jours les plus belles filles de Séville ; je l'aurais envoyée dans les vignes avec les vendangeurs ; puis elle eût brouté les plus belles fleurs du Guadalquivir. Alors seulement je l'aurais emmenée à Paris, et parfois au matin, allant la flatter dans son écurie et baisant ses grands yeux, dont la douceur et la gravité passent les plus beaux regards d'amour, je me plairais à caresser sur son poil tant de chers souvenirs.

UNE VISITE A DON JUAN

Un jour, à travers les rues brûlantes de Séville, si gaies, pleines d'une beauté desséchée et entraînante comme le rythme des castagnettes, parfumées des œillets piqués dans les cheveux des femmes, je gagnais l'*Hospice de la Charité*.

Par une cour abritée de quelques arbres et rafraîchie d'un bassin de marbre, j'entrai dans la chapelle. L'obscurité était telle que je distinguai mal une femme, couverte de longs voiles noirs, qui chuchotait à un prêtre ses péchés, ses passionnés péchés...

Une sœur m'indiqua un tableau : les *Deux Cadavres dévorés des vers*, l'œuvre célèbre et horrible de Valdes Leal.

Par un rideau habilement tiré, soudain le jour tomba sur la toile théâtrale, et je vis, avec les teintes affreuses de la décomposition, un cadavre d'évêque et un cadavre de roi, vêtus de suaires, sauf la face, où naissaient mille vers. Dans le fond, un charnier de crânes ; par dessus, la balance mystérieuse du catholicisme, où sont pesés les mérites et les démérites ; puis, sur le tout, cette inscription : *Finis gloriæ mundi*.

« Voilà un tableau que l'on ne saurait regarder sans se boucher le nez », disait Murillo. On le connaît, puisqu'il a été gravé dans l'histoire de Charles Blanc, mais sait-on qui le commanda à Valdes Leal ? Circonstance qui fera songer : l'amateur qui voulut cette peinture, qui l'inspira et la paya, c'est don Juan, le fameux don Juan, de Molière, de Byron, de Mozart, des mille et trois femmes...

On sait qu'à Séville, au dix-septième siècle, vécut un débauché puissant, don Miguel Manara Vicentello de Leca, qui, pour satisfaire sa frénésie de sensualité, assassina des hommes et fit pleurer toutes les femmes pâmées de sa séduction. Sa beauté, ses amours et l'agitation de son cœur ont depuis rempli le monde, et, même mort, il trouble encore, car de ses aventures les poètes ont pétri don Juan.

A la suite d'une vision sinistre qu'il eut de ses funérailles et de son cadavre, il fit pénitence et sollicita son admission dans l'ordre de la Caridad. On peut même dire qu'il organisa cette société. Elle a pour raison d'assister les condamnés à mort pendant leurs dernières veilles, de les accompagner au supplice, puis de recueillir leurs cadavres jusque-là laissés en pâture aux bêtes. Des hommes de toutes classes la composent ; des grands seigneurs portent sur leurs épaules les pendus et les décapités, car tel est le règlement tracé par don Miguel.

Un bon trait pour compléter cette biographie du don Juan originel, c'est qu'il a lui-même commandé à Valdes Leal ce tableau des *Deux Cadavres*. Nul doute là-dessus puisqu'on possède un autographe. Quelle lumière ce livre de compte ne jette-t-il pas sur l'état d'âme du grand passionné !

Que don Juan ait eu de telles imaginations, je ne m'étonne pas. Certaines épouvantes attirent les êtres de qui les nerfs ont épuisé beaucoup de façons de s'émouvoir. Elle les désennuient, réveillent leur sensibilité usée sur tous les autres points. La volupté et la mort, une amante, un squelette, sont les seules ressources sérieuses pour secouer notre pauvre machine. Et encore, bien vite auprès d'elles on s'endort !

Ils sont fréquents, dans la légende des siècles, ces rassasiés qui s'enivrent d'horreurs. Dans le temps où don Juan de Séville commandait à Valdes d'ouvrir les char-

La société a pour mission de recueillir leurs cadavres.

niers, un Français, de même ardeur emportée et tragique, Rancé, subissait un tête-à-tête plus lugubre. « En montant tout droit à l'appartement de la duchesse de Montbazon, où il lui était permis d'entrer à toute heure, au lieu des douceurs dont il croyait aller jouir, il y vit pour premier objet un cercueil et, posée dessus, la tête sanglante de sa maîtresse qu'on avait détachée du reste du corps, afin de gagner la longueur du col, car le cercueil était trop court. »

Don Juan organise une confrérie religieuse ; Rancé fonde la Trappe. L'un et l'autre s'adonnent aux pratiques ascétiques. Comme je voudrais me pencher sur leurs yeux, dans l'instant même où des cadavres s'y reflétant transformaient brusquement leur être !

RANCÉ SUBISSAIT UN TÊTE-A-TÊTE PLUS LUGUBRE.

Du moins ai-je eu le vif plaisir d'imagination d'étudier le portrait d'abord, puis, mieux encore, le moulage qu'on a pris de don Juan sur son lit de mort. Examiner, toucher la physionomie de cet homme qui prêta à la formation d'une des plus profondes légendes de la sensibilité moderne, n'est-ce pas très excitant ? Don Juan, comme Faust, quelles sources inépuisables, plus abondantes à mesure que nous vieillissons ! Cette galante relique, les esprits vraiment religieux me comprendront, nous donna une impression plus grave que tant d'ossements sacrés qui remplissent les églises d'Espagne.

Nul doute pour qui observe ce visage, don Juan était une âme sans complication, mais forte, et de vie intérieure trop vigoureuse pour s'embarrasser d'aucun obstacle. Il ne lui coûta pas plus d'étonner le monde par sa conversion qu'auparavant d'épouvanter les timides, de scandaliser les sages et de désespérer ses amantes, tôt délaissées après un flot d'amour.

Valdes Leal, dans un portrait authentique, nous le montre converti qui disserte. Le doigt levé, assis devant des traités théologiques, il réfute et affirme de l'air d'un militaire à moustache. Certes, il est beau ainsi, mais de la mort il reçut plus de noblesse que de sa conversion même. L'agonie a sublimé ses traits qui, tant qu'il vécut, n'étaient pas extrêmement intelligents. En mourant, il devint digne de sa légende. C'est à cet instant qu'il s'égala soi-même. De don Miguel il passait don Juan. Soudain, sur son masque de cadavre, apparurent cette passion, cette gravité dont il avait toujours été rempli, car, alors même qu'il fait la débauche, ne le prenez pas pour un voluptueux frivole, mais pour un homme qui s'acharne vers le bonheur et joint à la fureur de ne le point trouver l'amertume de propager la douleur dans le monde.

Ah ! qu'il dut lui paraître facile de quêter pour les pauvres, à lui qui tant d'années avait quêté pour être heureux ! Et que les refus brusques des riches qu'il importunait lui furent légers auprès des larmes de celles qui ne refusaient rien à cet irrésistible, et pourtant ne pouvaient pas lui donner l'obole de bonheur dont il était si avide. Voluptueux qui, après avoir serré dans ses bras tant de jeunes corps des meilleures familles, ne se satisfit qu'à porter les cadavres des pendus !

On attache beaucoup trop d'importance pour l'ordinaire aux circonstances de la vie. Que nous passions nos jours dans telle ou telle occupation, cela est peu caractéristique. Chacun suit la route qui passe dans son village ; celui-ci va dans les cloîtres, cet autre dans les casernes, ce troisième sera cuistre dans les bibliothèques et ce quatrième courra les maisons de joie. Sur ces allures extérieures, n'allez pas classer les hommes! Observez plutôt la façon dont ils sont émus, leur manière de prendre des résolutions, ces secousses décisives qu'ils ressentent, chacun dans leur sentier. Saint Paul, sur le chemin de Damas, Loyola, à une autre époque, font voir exactement ce même phénomène de la volonté qu'on observe chez don Juan Tenorio. Voilà des rapprochements qui confirment l'analogie que nous trouvons entre les cas de don Juan et de Rancé, et par là peut-être choquons-nous. Mais en voici bien d'une autre : ce plâtre si grave, quand je le contemplais à la Caridad, soudain m'évoqua les traits mêmes de Pascal.

Ce don Juan, qui n'écrivit pas les *Provinciales*, mais qui argumentait passionnément et qui, lui aussi, pour se convertir, établit sa foi sur son effroi de la mort et sur son désenchantement, ne me déconcerte pas quand ses traits, ennoblis par l'agonie, prennent un air de famille avec ce fiévreux Pascal. Puisqu'une détresse analogue commandait leurs mouvements intérieurs, quoi d'étonnant que des lignes semblables soient apparues sur leurs visages que ne déformaient plus les influences extérieures?

Il est fâcheux qu'on ne puisse obtenir un moulage du masque de don Juan. Coulé en bronze, il ferait un bel appui pour la main. Mais la congrégation de Sœurs installée à la Caridad ne veut point qu'on le caresse encore. Plaisante revanche! Celui que les femmes les plus passionnées ne purent fixer, malgré leurs pleurs est aujourd'hui le prisonnier de vierges froides. Par elles, la reproduction de don Juan est interdite (1).

(1) Voir les notes à la fin du volume.

LE PAGE DES CHIENS COURANTS

— O beaux raisins jaspés que l'on coupe la nuit dans les vergers de Triana et que l'on trouve le matin si frais et ruisselants de rosée! Existe-t-il un fruit plus charmant pour réveiller le goût? Je n'espère plus revoir ces temps heureux.

— Mon ami, ce souvenir est un piège du démon.

Ce fragment dialogué de Cervantès, dans son merveilleux drame : *El Rufiàn dichoso, Le Rufian heureux*, s'était fixé dans ma mémoire, au point que Triana, depuis des années, avait pris pour moi une valeur légendaire et m'apparaissait comme un des vergers romanesques du monde. Aussi, l'une de mes premières voluptés à Séville, — Séville, dont je fais aujourd'hui la commémoration annuelle, — fut-elle de franchir le pont brûlant du Guadalquivir pour visiter, sur l'autre rive, le faubourg de Triana.

Nul verger, nuls raisins coupés! La nature n'y témoignait de ses belles énergies que par de grands garçons tout nus et de couleur dorée, qui somnolaient avec leur vermine à l'ombre de leurs malpropres maisons. Une faïencerie, installée là par des capitalistes anglais, désireux de profiter de l'incroyable bon marché de la main-d'œuvre, me révolta : dégradation d'un peuple contraint de chauffer les fours par cette terrible température à une heure que, de père en fils, ils consacraient à la sieste.

Je suivais lentement les raies d'ombre, jouissant du pittoresque des gitanes, des petits ânes, des ordures amoncelées et m'attardant aux églises toujours fraîches et imprévues. Enfin, revenant au Guadalquivir, je m'assis, fatigué, sur la place à l'entrée du pont, dans l'ombre d'une croix de mission. Nous étions là une centaine d'êtres ne pensant à rien qu'à la brise, plus faible que d'un éventail, apportée par le fleuve : mendiants qui priaient, ouvriers harassés attendant le tramway, filles demi-nues avec leurs bâtards, vendeuses de fruits ; le tout couvert de mouches et sentant la décomposition.

C'est peut-être cette odeur, dont je

m'avoue passionné, qui me reporta aux canaux de Venise, où sous un soleil plus modéré, je sentis les mêmes fleurs et la même mort. Je me rappelai que cette déception, trouvée aujourd'hui dans les ruelles de Triana, je l'avais ressentie jadis à la Giudecca, quand m'y avait conduit l'énigmatique chanson de Musset :

A Saint-Blaise, à la Zuecca,
Dans les prés fleuris cueillir la verveine,
A Saint-Blaise, à la Zuecca,
Vivre et mourir là !

Mais tel était mon mécontentement de Triana, que j'eusse voulu sur l'instant me transporter dans cette Zuecca, triste îlot pourtant où je vis bien qu'il n'est pas de verveines, mais quelles délices pour des mains salies par la poussière de pendre hors de la gondole, au fil de l'eau fraîche et bruissante !

... Et maintenant, Séville, avec la distance, a fait son œuvre d'enchantement. Elle m'apparaît, après une année, ruisselante de splendeur. « O beaux raisins jaspés des vergers de Triana... Je n'espère plus revoir ces temps heureux. » Mais surtout, ce que je comprends maintenant, c'est la repartie du Père de la Croix dans le drame de Cervantès :

« Mon ami, ce souvenir est un piège du démon. »

Venise et Séville, Sienne et Tolède et Cordoue ! Faiseuses d'illusions qu'un jour j'ai possédées avec nonchalance et fatigue et qui, par un prestige diabolique, dominez, depuis, toute ma songerie, voici votre sortilège : comme un mot d'amour ou bien une insulte tombés dans une âme ardente, votre image, grandie par le temps, a tôt fait d'envahir l'être qui, deux secondes, l'accueillit.

Cette Séville trop commerçante, trop moderne, trop rieuse, elle est devenue pour moi, après une année, l'endroit où prirent une valeur d'émotion des mots qui jusqu'alors ne m'étaient que des notions mornes. C'est à Séville que je sentis Marie Padilla, don Pedro, don Juan, Valdes Leal, le divin Morales, syllabes harmonieuses sans doute pour tous les hommes, mais qu'ils jugeront brèves, tandis qu'au voyageur elles versent d'intarissables fleuves de sensibilités confuses.

Le soir, Séville est jeune, amoureuse et cambrée ; elle est douce et bruissante comme une salle de bal où l'orangeade est vraiment glacée, où l'on ne souffre pas de lumière dans les yeux. Mais à la Séville nocturne, je préfère encore Séville écrasée de soleil, car le soleil empêche de se souvenir et de prévoir, et il enferme dans la sensation momentanée.

Chapelles secrètes et fraîches que m'ouvraient, par ces après-midi où chacun dort, des petits complaisants, bien faits, semble-t-il, pour porter des billets et même pour servir de femmes de chambre, vous m'offriez de si étranges meubles, bahuts, commodes supportant des brassées de lys et les dernières fleurs du magnolia, que l'impression emportée de chez vous, c'est la familiarité d'un appartement intime où flottent les secrets d'un ardent amour. A San Jacinto, précisément au faubourg de Triana, je sais un Christ étendu sur une couverture piquée, que soutiennent deux oreillers, avec sa couronne d'épines auprès de lui posée.

Ce n'est point dans les musées de Séville, de Madrid, qu'on trouve le dernier mot du plaisir autochtone. Ils sont suspects d'italianisme. Les vrais délices, c'est où se trouve le tour de reins espagnol, une manière brusque, vraiment terrible, de prise sur nos sens. Tragiques poupées espagnoles, en bois, vêtues de velours, baguées de rubis, combien vous êtes intéressantes, encore que vous ayez voulu pour cacher vos visages contractés, une demi-nuit autour de vous ! Goya, avec ses toreros et ses sorcières déhanchées, nous fait connaître ces ardeurs-là. Faiblement, car, de la mort et de la sensuabilité des martyrs, il a glissé aux drames du taureau et de la galanterie. Il semble une suprême poussée de la sève tarissante de cette race. Mais le secret de l'Espagne, si jamais je l'entrevis, c'est aux profondes alcôves de ses églises sans gloire, tandis qu'en dépit des grilles et des ombres j'adorais ces poupées faisandées, ces corps déshabillés et saignants, ces genoux et ces coudes écorchés du Christ. Le Christ, jeune

Elle m'apparait ruisselante de splendeur.

homme de trente ans, sur qui des femmes passent un linge mouillé.

Les voluptés de la tauromachie et de l'autodafé, quand elles se transforment en cérébralité, nous avons l'ascétisme ! Je soupçonne ces Espagnols d'avoir trouvé du plaisir dans la vue des souffrances du Christ. Sur toute l'Espagne, j'entends ce cri dur qui, dans Cadix désert, montait à travers l'air pur, du peuple pressé au cirque des taureaux et d'heure en heure acclamant le sang qui jaillissait. Sur les dalles si fraîches de l'Alcazar de Séville, j'ai respiré le sang, le jeune et vigoureux sang des amants et des ambitieux qui s'y assassinèrent ; et sur ces dalles encore, quelque chose de léger qui flotte m'en avertit, des tapis furent jetés pour qu'elles devinssent des chambres à coucher. Tant de fois lavées et si muettes, ces longues salles pourtant ne peuvent me refuser l'aveu de la plus violente vie nerveuse qu'il ait été donné à l'homme de vivre.

Très beaux pays d'Espagne, aristocratie du monde ! Ne me parlez pas d'Allemagne, ni d'Angleterre ! Combien je la comprends, la ballade que chantaient au seizième siècle les senoritas de Séville et de Cordoue : « Mon frère Bartolo s'en va en Angleterre pour y faire la guerre. Il me ramènera un petit luthérien, la corde au cou, et une petite Anglaise qui sera ma femme de chambre. » A tous, elles nous mirent la corde au cou, ces reines du Midi. « Ah ! mon ami, dit justement le saint homme de Cervantès, ces souvenirs sont un piège du démon ! »

« Fille folle de son corps sera à la disposition du page des chiens courants, une fois par année. »

Pauvre homme du Nord, qu'un jour enchanta cette beauté, je songe au page des chiens courants du seigneur de Laon. Sa vie, vous l'allez voir, c'est toute la nôtre, enfoncée dans la médiocrité des besognes et des contacts professionnels, illuminée par de courts éclairs. Dans un recueil des redevances et corvées bizarres de la vieille France, on lit, pour la seigneurie de Laon : « Fille folle de son corps sera à la disposition du page des chiens courants, une fois par année. »

Le taureau secoua sur ses cornes une pauvre loque.

Une fois par année! Jour de joie pour ce pauvre jeune homme et analogue à la date qu'est dans nos vies le contact avec ces courtisanes romanesques du Midi, Séville et Venise, Sienne et Tolède et Cordoue. Cette entrevue annuelle de la fille et du page, quelle intensité ne devait-elle pas prendre peu à peu dans l'imagination de celui-ci! Il en reportait la douceur, certainement, par ses bons procédés sur tout le chenil. Après de tels instants, pas plus qu'aucun de nous, gens du Nord, qui avons voyagé là-bas, il ne pouvait être une brute.

Mai 1893.

A LA POINTE EXTRÊME D'EUROPE

Pour rompre l'atonie, l'Espagne est une grande ressource. Je ne sais pas de pays où la vie ait autant de saveur. Elle réveille l'homme le mieux maté par l'administration moderne. Là, enfin, on entrevoit que la sensibilité humaine n'est pas limitée à ces deux ou trois sensations fortes (l'amour, le duel, la cour d'assises) qui, seules, subsistent dans notre civilisation parisienne. C'est une Afrique; elle met dans l'âme une sorte de fureur aussi prompte qu'un piment dans la bouche.

Au cirque de Séville, et sous quel soleil! un jour, j'entrai. « Eau fraîche! » criaient d'une voix scandée de jeunes garçons. D'abord, quatre chevaux furent éventrés. Sur le silence de cette foule, j'entendais, sourde comme un éclaboussement, l'entrée des cornes dans ces ventres. Impression sinistre de convoquer la mort dans une fête! Je ne sentais plus qu'elle par-dessus nous tous, et j'en étais contracté de terreur. Puis, le jeune dieu de la nature, le taureau aux naseaux sanglants, ramassé, furieux, plus beau qu'un homme passionné, secoua sur ses cornes une pauvre loque, si molle et lamentable, de cavalier. Le matador maladroit, trop comédien dans ses broderies collantes, laissa quatre épées dans la bête, héroïne qu'il fallut poignarder par-dessus la barrière. Le peuple, enragé, trépignait, pareil à un témoin qui s'amuserait dans un duel.

« Si j'aimais cela, me disais-je en sortant, je voudrais être le matador et courir moi-même un risque. Mais être témoin et s'y plaire! L'incompréhensible plaisir! »

Dans son ivresse aussi, ce peuple me donnait des coups de canne sur la tête, car tous gesticulaient debout, tandis que je restais assis, et ces familiarités contribuèrent à me dégoûter.

Par la suite, je revins sur cette appréciation. Peut-être avais-je été de mauvaise foi dans l'expérience. Il fallait me prêter à la force enivrante qui s'exhale d'un carnage (2). Des âmes subtiles se lèvent du sang versé, une vapeur nous pénètre et réveille en nous la bête carnassière. Pour l'humanité, c'est un bain de jeunesse, de la plus jeune jeunesse, voisine encore de l'animalité.

La course de taureaux, c'est la banalité de l'Espagne — comme la gondole, de Venise — mais c'est son trait significatif, et voilà pourquoi j'en parle quand même. Le large cri que jette au ciel chaque petite ville assemblée dans son cirque, quand tombe le taureau, c'est le signe le plus véhément de la sensibilité espagnole, de cette belle fureur rendue encore plus saisissante par les formes diverses et contrastées qu'elle prend.

Le *Romancero general*, d'où l'Espagne entière jaillit comme d'un inépuisable volcan, nous montre que les rois, les comtes, les nobles, tous les chevaliers, tenaient l'écurie de leurs chevaux sous la tente où ils dormaient avec leurs femmes, afin qu'au premier cri de guerre ils eussent les bêtes et les armes sous la main et sur-le-champ chevauchassent. C'est sous cette tente que l'on aimerait vivre, les femmes étant plus belles une heure avant le risque, et le départ vers la bataille, dans l'air frais du matin, intervenant à ravir pour obvier à la satiété.

A tous mes pas, je la vis, l'Espagne, ainsi violente et contrastée...

Ce fut d'abord au réveil de la frontière, après Irun, dans un train qui stationnait : j'aperçus de mon compartiment tout un wagon de don Quichottes et de Sanchos mêlés. Non pas un, mais vingt, et d'un relief égal aux types du chef-d'œuvre : ceux-ci avec un teint épanoui, optimistes, larrons joyeux ; ceux-là de figure desséchée, graves et le regard fixe.

Parce qu'elle réunit toujours les contraires, l'Espagne semble aux esprits simplistes porter avec soi sa parodie. L'admirable Quevedo paraît à des étrangers caricatural, lui peut-être l'un des écrivains où l'on trouve le plus d'humanité ! Il est aux lettres ce que Goya est à la peinture, celui-ci peignant, comme on sait, avec un égal réalisme les corps et les imaginations. Le beau-père de Velasquez, Pacheco, dans son traité qui est le « résumé des opinions de l'Espagne en fait de peinture », dit que les corps dont cet art reproduit l'image sont de trois espèces : naturels, artificiels, ou *formés par la méditation de l'âme*. C'est avec ces derniers que vivait Don Quichotte, tout dévoué à sa Dulcinée ; mais il a près de lui Sancho, d'un matérialisme puissant et grossier. Et de ces deux êtres, aucun n'est caricatural ; si antithétiques qu'ils nous semblent, ils vivent côte à côte en Espagne, et peut-être dans chaque Espagnol.

Faisons un pas encore sur la ligne de Madrid. Voici, en Vieille-Castille, Avila, la ville des mystiques, silencieuse, parfumée par la cendre de sainte Thérèse et par les cierges se consumant en adoration perpétuelle dans une multitude de couvents, qui abritent sous leurs ruines de belles tombes de marbre et la règle du Carmel.

Pour aller à l'Incarnation j'ai suivi, hors de la ville, le petit chemin dans les roches, où Thérèse méditait, quand elle vint dans cette église prendre le voile. Quel écuyer l'accompagnait ? Elle nous l'a dit : le Christ portant sa croix. Si exaltée qu'on l'imagine, la jeune fille était couverte de pleurs. Celle qu'on ne voit que ravie en extase auprès de Dieu tenait à la terre par des liens solides. Je ne sais rien de plus délicatement féminin et d'une volupté plus noble que cette phrase où elle se dévoile : « C'est une grande grâce que Dieu m'a faite : partout où j'ai été, on m'a toujours vue avec plaisir. » Les couvents d'ascétisme furent, en réalité, des ruches de travail et de bonne administration. Thérèse et ses amis s'adonnaient à la prédication, à la conduite des âmes et à des soucis qui sont fort analogues à ceux d'un homme d'Etat et d'un grand industriel. Il fallait manier des êtres, les réglementer, leur bâtir des abris, assurer leur subsistance. Cette mystique fit voir les qualités d'organisation qu'on trouve chez ces prodigieux travailleurs, les Colbert, les commis de Napoléon. Pour Loyola, même clairvoyance et bon sens opiniâtre, unis aux exaltations d'un visionnaire.

... Une heure plus loin, l'Escurial sera encore une antithèse. La seule sensation forte que puisse se donner celui qui dispose de tout, c'est de renoncer à tout. Telle fut la jouissance du roi qui s'enferma dans cette formidable tombe. En se cloîtrant dans ce désert de pierre, il se donna le seul ébranlement nerveux que pût encore connaître un homme blasé sur toutes les magnificences du triomphe. L'image suprême inventée par le poète qui posséda jusqu'au génie le don de l'antithèse, le corbillard des pauvres qui conduisit au Panthéon, sous l'escorte de tout un peuple, Victor Hugo, ne vaut pas ce que réalisa l'humeur de Philippe II : le plus puissant des rois murant sa vie dans un sépulcre.

Poursuivons notre voyage et nous verrons que, du Nord au Midi, l'antithèse qui résume l'Espagne, c'est la lutte du Maure et du Castillan. Cet interminable et héroïque débat a façonné les arts, les mœurs et le caractère de la race. De province à province, en outre, vous trouvez les plus violentes oppositions, et dans chaque être même.

Je n'insiste pas sur les biographies particulières : Séville nous donnerait don Juan, qui fit une volte saisissante. Cordoue nous rappellerait le voluptueux Sénèque, qui écrivit des petits traités ascétiques et se plut, au milieu des richesses, à les mépriser. Ces êtres doubles, pour nous énigmatiques, sont les produits naturels de ce sol. Mais le témoignage le plus significatif de l'Espagne, de ce pays où la terrible tubéreuse, l'empoisonneuse, s'appelle l'*amiga de noche !* nous le trouvons dans ses églises.

Le prêtre y prêche une éthique ascétique, je ne sais quelle perfection qui ravit le fidèle et, de cette terre, le dépose aux pieds de la Vierge. Cependant, voyez sur les murs ces imaginations horribles, ces tableaux sanglants, ces plaies dont nos regards terrifiés ne peuvent plus se détacher. L'Espagnol qui commanda ces toiles, qui les rassembla dans cette église, se prétendait-il mettre en contradiction avec l'enseignement de l'autel? Non pas, Pacheco écrit avec autorité : « L'art du peintre doit se consacrer au service de l'Eglise et, bien souvent, ce grand art a produit, pour la conversion des âmes, des effets plus grands que les paroles du prêtre. » Pour ce peuple, nulle contradiction entre ce mysticisme exalté et cette férocité. Ces fidèles éprouvent l'un et l'autre sentiment. Après s'être soumis à la discipline du prêtre, après s'être haussé vers les modèles divins, l'homme soudain redevient homme : il a envie de voir du sang, de mordre, de déchirer!

C'est dans l'ombre des églises espagnoles que j'ai distingué le véritable sens de la physionomie humaine : peur et curiosité devant les mystères, mêlées au désir carnassier de détruire et de s'ébattre, et cela se vérifie dans les civilisations scientifiques comme dans les religieuses. Pour qualifier la manière des écrivains d'Espagne, nous disons « ironie, caricature »; pour ses ascètes, « hypocrisie et contradiction »; pour sa maison royale, « lycanthropie ». Et nous ne nous apercevons pas que ce sont simplement de vigoureuses natures qui ont su pousser en intensité tous les points sensibles de leur être.

Nous avions chevauché parmi les ronces, les arbousiers...

Acculées à la pointe de notre continent, dans la péninsule, des sensations grouillent, fermentent et se mélangent qui, peu à peu, ont été chassées des autres pays.

A l'extrémité sud-ouest du royaume de Portugal, dans les déserts pierreux que termine le cap Saint-Vincent, sans qu'un sentier nous guidât, nous avions chevauché parmi les ronces, les arbousiers et les stevas. C'est la pointe extrême de l'Europe, en face du grand large d'Amérique. Sur la terrasse du sémaphore du cap Sagrès, nous songions. Nous avions drainé à travers l'Europe toutes les façons de sentir, et nous les voyions qui se jouaient autour de nous dans cette grandiose solitude.

Nul moyen d'augmenter ce troupeau, de le mener plus loin. Rien en face de nous que l'Océan illimité. Nous entendions des cris au large. C'était, dans le brouillard du soir, le signal des bateaux qui doublent le cap et partent là-bas. Mais *là-bas*, n'a plus de terres inconnues, rien que des répétitions de notre Europe.

Il n'y a plus de solitude; il n'est plus de vie que nous puissions inventer de toutes pièces. Toutes les biographies sont prévues, classées, étiquetées. Pour donner quelque saveur à des sentiments trop banalisés, trop usés, nous n'avons plus qu'un expédient, c'est de les mêler : comme l'Espagne, nous composer une vie intense et contrastée.

L'âpre plaisir de vivre une vie double! La volupté si profonde d'associer des contraires! Comme la sirène doit être heureuse d'avoir la voix si douce! Mais rien qui use plus profondément : c'est la pire débauche. Quelques-uns sentirent leur âme en mourir à tous sentiments profonds.

Les tentes posées par des nomades, chaque soir, dans un pays nouveau, n'ont pas la solidité des antiques maisons héréditaires, mais quelle joie pour ces errants de se mêler aux races autochtones et de dire avec elles l'hymne du matin, tandis que, pour l'embellir, la mémoire secrètement y mêle les chants appris la veille chez des étrangers!

En Italie

IL LES PRÉSENTA L'UNE A L'AUTRE.

EN ITALIE

Les Jardins de Lombardie

I

SYLLABES CHANTANTES
TERRASSES PARFUMÉES

En Suisse, on m'a montré une vieille demoiselle fort honorable, qui, chaque année, choisit un petit garçon et le défraie de toutes les études jusqu'au jour où il sera prêtre. J'ai immédiatement pensé à Mlle Claude Bernard, qui recueille les caniches, mais leur défend la reproduction. Et quand j'arrivai sur les lacs d'Italie, la conduite de ces deux personnes me revint à l'esprit, me parut d'un exemple fécond.

Certains êtres, me disais-je, semblent plus particulièrement désignés pour qu'on prenne souci d'eux, et qu'on leur évite les duretés de la lutte, de la concurrence ; ils y succomberaient. Leur délicatesse, leur faiblesse, leur donnent ce « droit à la paresse » dont parlait Lafargue. Mais puisqu'ils ne savent pas assurer leur propre vie, il y aurait lieu de les décharger du soin d'assurer l'espèce, car la société qui les tire d'affaire ne serait pourtant pas assez riche pour adopter leurs enfants.

Ces nouveaux moines, ces derviches singuliers, ces rêveurs, incapables de l'effort qu'il faut dépenser dans les grandes villes, où pourraient-ils plus doucement végéter que dans les jardins épars sur les lacs de Lugano, de Côme, de Garde, sur ce lac de Varèse aussi, où Taine désirait posséder une villa? Incomparables paradis pour des êtres qui ne veulent avoir que des soucis viagers!

Jardins Giulia, Melzi, Sommariva, Serbelloni, syllabes chantantes, terrasses parfumées et lumineuses! Pourtant c'est déjà l'automne ; une petite pluie chaude tombe sur les arbres. Sur ces pentes où je me promène et qui enserrent le lac, l'allée est droite comme un balcon et offre partout des bancs ; sans efforts, sans pensée, au milieu des myrtes, des citronniers, des palmiers, on s'enivre à la « coupe de lumière » qu'est ce paysage. Mais c'est de l'automne, plus encore que de la flore méridionale, qu'est fait, selon mon goût, le charme de ces bords.

De vieux arbres qui tendent leurs branches vers la lumière s'interposent entre le promeneur et le cirque. On ne voit plus le bleu du lac, les maisons de plaisance, les forêts de mûriers, d'oliviers, qu'à travers un mince rideau de feuilles immobiles. Ainsi demi-voilée de feuillage jaunissant, la nature dans ce grand silence est plus adorable qu'aucune composition de l'art, et les femmes du *Printemps* de ce fameux Botticelli, enguirlandées, elles aussi, ne sont que de pauvres petits insectes auprès de ce repos, de cette jeunesse, de cette véritable déesse qu'est la Nature aux jardins de Lombardie.

Pourquoi désigner telle villa ? C'est toute la région qui nous est un jardin, au sens magique que reçoit ce mot quand il désigne les lieux mystérieux de la légende, depuis le jardin biblique des commencements du monde jusqu'aux jardins enchantés d'Armide.

Ce n'est pas l'âpreté de l'Espagne, ni la grandeur de l'Orient, là-bas, à l'entrée du désert. C'est même un peu banal ; mais avec tant de gentillesse ! Sur la marche de Suisse et d'Italie, à Lugano, un pauvre boutiquier à qui j'achète, pour quelque monnaie, de n'importe quoi, exige de verser sur mon mouchoir trois gouttes de « pur chypre ». Cette odeur, qui pour mon ordinaire m'incommoderait, venant de cet adroit courtisan, du premier Italien rencontré, parfume tout ce qui m'entoure, me crée une atmosphère un peu fade, mais plaisante.

A Londres, et d'un Anglais, on n'aurait pas ces gentillesses. Eh bien ! le mauvais goût n'est point chose si méprisable. Je connais un grand travailleur, un savant médecin, qui ne veut que des domestiques italiens. Dans les intervalles de ses consultations, pour se délasser des vilenies physiques que tant de patients lui détaillent, vite, il fait parler son valet de chambre. Peu importe le sens des mots, leur son seul l'a reposé. Je comprends mieux de tels intermèdes que je ne fais du général Boulanger baisant le portrait de sa maîtresse dans les suspensions des séances du Comité national. N'était-elle pas dans la chambre voisine !

Hélas ! ces jardins d'Italie, un jour on les a traversés ; jamais on ne s'y fixe. On ne saurait y vivre ; ils ne sont que des endroits de loisirs. Voici le pays du silence, de l'effacement universel des choses et des êtres. Contentons-nous d'y passer parfois.

En Italie, les vins sont mauvais, les femmes peu jolies, la musique bien grêle, et pourtant tout cela, on se le rappelle avec ivresse. En glissant sur ce facile lac de Côme, la musique que de pauvres orchestres envoient d'une rive à l'autre me devient délicieuse. D'un art étroit, peu abondant, elle témoigne cependant d'une telle bonne volonté de bonheur ! Ici, le parfum des fleurs et la qualité de la lumière transfigurent les plus pauvres airs. Au reste, les fidèles de Bayreuth auraient grand tort de sourire si l'on goûte en Italie les mélodies italiennes. Le Venusberg d'où se dégage si difficilement le chevalier Tannhäuser, les filles-fleurs, qu'est-ce que cela, sinon la mollesse italienne dont ce sensuel Wagner sentait bien la divine puissance ?

Ce matin, au sommet d'un des coteaux qui, mêlés aux montagnes, entourent et dominent le lac de Côme, sous les arbres et contemplant la nappe d'eau d'un bleu plombé qui s'épand largement parmi les forêts, les moissons, les prés et les fleurs, j'ai rencontré le petit pâtre qui, au dernier acte de *Tannhäuser*, joue sur son chalumeau un air pour ses moutons. Même attitude, même poésie.

Poésie ! ce mot garde encore pour les bons esprits sa valeur. Peut-être n'est-il pas de pays où l'on trouve plus de poésie éparse qu'en cette Italie. Et je ne parle pas de sa littérature, ni de sa musique, ni du décor des villes, ni des musées. Tout cela, c'est de la poésie fixée, et par là même, sinon amoindrie, limitée. Mais, dans les jardins d'Italie, je m'enivre d'une poésie à l'état flottant, essentielle, dégagée de tout remaniement humain. Emotion indéfinie, par là inférieure aux choses d'art, mais qui donne une impression d'autant plus féconde.

Les plus grands créateurs depuis des siècles sont venus emprunter de la vie à cette atmosphère de paradis. Mais ceux qui n'ont pas la force du génie ne peuvent ici que jouir et paresser. La discipline des mœurs, la méthode dans le travail intellectuel, l'enrégimentement des volontés, autant de nécessités modernes qui seraient, dans les jardins de Côme et de Varèse, de monstrueux non-sens.

A mesure que j'y réfléchis, je m'en convaincs davantage : c'est ici le pays désigné pour les dilettantes un peu faibles, élégants, incapables de tout effort, et que tuent ou déclassent si vite nos grandes villes. Une société prévoyante, et qui ne se contenterait pas, comme la nôtre, d'assurer une villégiature aux assassins endurcis, assignerait comme séjour cette partie haute de la Lombardie à certains esprits pour qui tout est souffrance en dehors du plaisir; elle les obligerait à la stérilité en leur laissant la volupté.

II

LE ROMAN DU LAC DE COME

On écrirait huit ou quinze volumes, plus gros que le fameux feuilleton d'Eugène Sue, *les Mystères de Paris*, plus gros, mais aussi passionnants : *le Roman du lac de Côme*. Ce serait, dans leurs mystérieux détails, la suite de toutes les aventures qui, de France, d'Angleterre, de Russie, sont venues s'abriter dans ces jardins si chauds, parfumés et secrets. Et j'entends qu'on se limiterait à ce siècle. On raconterait cette princesse de Galles éprise d'un postillon italien, du fameux Bergomi, qui vint chercher ici un cadre poétique pour l'homme en qui elle se déshonorait. De son procès retentissant, à Villa d'Este, dans le premier bassin du lac de Côme, on trouverait encore des échos. Avec le recul, ces vilaines choses prennent une façon de beauté, toujours suspecte, mais attirante. Le vice et la vertu gagnent beaucoup à être vus de loin. A Belaggio, le narrateur s'attarderait autour

Le lac de Come.

d'une certaine petite maison, analogue à celle qui, dans *La Faustin*, est placée sous le patronage de M. de Sade. Les femmes n'y entraient jamais. Sur tout ce lac, qui, dès avril, berce tant de molles barques, elles semblent s'être dédommagées. Côme et ses rives sont l'asile de tous les adultères où l'on agit avec indépendance et avec goût.

Rousseau avait songé à placer au lac Majeur, aux îles Borromées les scènes de sa *Nouvelle Héloïse*. Il se ravisa, préféra le lac de Genève. Comme disent les manuels classiques, il ne convenait point que le bréviaire des grands cœurs de la Révolution fût trempé dans ces eaux parfumées, mais plutôt dans le torrent glacé du Rhône.

Si facile, indulgent de climat, rejetant toujours le voyageur dans ces barques où l'on s'étend, où l'on rêve, le pays de Côme convient à tous ceux qui entendent bien ne pas résister à leur passion. Cet air léger, élégant jusqu'à la fadeur, ne fut depuis des siècles qu'une gracieuse haleine de jeunesse et de plaisir. Parfois, dans ces belles journées si lentes, si paresseuses, si bleues, on voudrait que le lac se soulevât un peu ; jamais je ne le vis plus bruyant que le froissement de la soie contre une femme.

Sont-ce ces fleurs, si nombreuses qu'à les voir on pense invinciblement aux chambres mortuaires de nos grandes villes? Devant les images les plus voluptueuses, on est toujours contraint d'envisager le désagrément de mourir un jour. En parcourant le lac de Côme, je cherchais les cimetières. Ils pourraient y être admirables. Je voudrais que ces pentes si âpres dans le haut, puis, à mi-côte, vertes de feuillages, égayées de villas, de doux jardins aromatiques, finissent çà et là par des tombes. L'eau les caresserait, rejetée sur les bords par les barques de plaisir.

Le plaisir rapide, la volupté et la mort, voilà quelles seraient les couleurs de ce *Roman du lac de Côme*, bien facile à écrire pourvu que l'auteur se fût renseigné abondamment et qu'il eût trempé ses feuillets,

Côme et ses rives sont l'asile de tous les adultères.

parfois, dans cette eau où tant de mains fiévreuses cherchèrent un peu de fraîcheur, tandis que glissait la barque...

Dirai-je la note dominante, la qualité franche de ce pays? Il est un complaisant. Pour le faire connaître, ce n'est point assez d'être géographe, géologue, agronome, statisticien, ni même d'avoir du pittoresque. Il faut indiquer les anecdotes humaines qui se vivent chaque jour sur ses rives. Ici, c'est le refuge des passions disqualifiées (jeunes filles enlevées, mondaines déclassées, et le reste). M. Taine — qui dans *Venise* n'a pas une ligne pour nous dire que les lagunes sont le point du globe où l'on va le plus mourir de mélancolie — n'a rien distingué non plus sous la toile légère des lits flottants qu'on croise sur le lac de Côme.

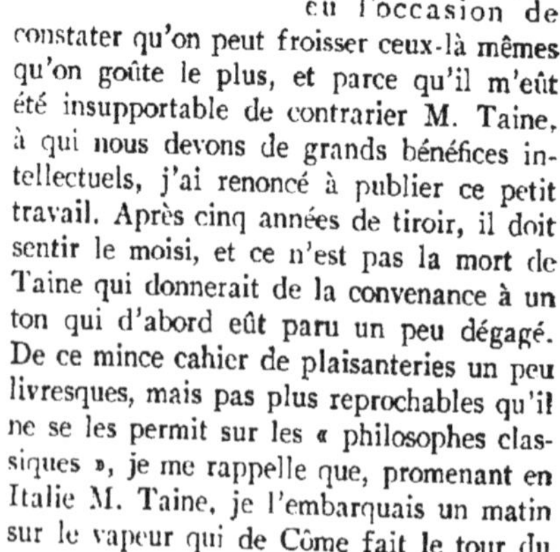

Dans le goût d'une autre brochure intitulée *Huit jours chez M. Renan*, j'ai écrit jadis un essai de critique pittoresque, sous ce titre, suffisamment explicatif, *M. Taine en voyage* Comme j'ai eu l'occasion de constater qu'on peut froisser ceux-là mêmes qu'on goûte le plus, et parce qu'il m'eût été insupportable de contrarier M. Taine, à qui nous devons de grands bénéfices intellectuels, j'ai renoncé à publier ce petit travail. Après cinq années de tiroir, il doit sentir le moisi, et ce n'est pas la mort de Taine qui donnerait de la convenance à un ton qui d'abord eût paru un peu dégagé. De ce mince cahier de plaisanteries un peu livresques, mais pas plus reprochables qu'il ne se les permit sur les « philosophes classiques », je me rappelle que, promenant en Italie M. Taine, je l'embarquais un matin sur le vapeur qui de Côme fait le tour du lac. Sitôt à bord, il développait ses nombreux livres, sa carte, ses papiers, et terminait... sa description de Venise. C'est vers le soir seulement qu'il commençait l'étude des dossiers que l'archiviste de Côme lui avait obligeamment préparés et remis sur le port. Enfin, au soleil tombant, et comme le bateau rentrait dans Côme, M. Taine quittait la cabine, montait sur le pont et, se promenant de long en large, tête baissée, composait la première phrase de son chapitre : « Toute la journée, sans fatigue, sans pensée, j'ai nagé dans une coupe de lumière... »

Sans doute, elle n'est qu'à demi juste. cette chicane : M. Taine n'était pas uniquement de bibliothèque, il comprenait fortement la nature ; elle lui parlait, et les sentiments profonds qu'elle lui communiquait. il a eu, sur tant d'autres, la supériorité de leur donner parfois une expression philosophique infiniment juste et émouvante. « Devant les eaux, le ciel, les montagnes, on se sent devant des êtres achevés, toujours jeunes. L'accident n'a pas de prise sur eux. ils sont les mêmes qu'au premier jour : le même printemps leur versera tous les ans, à pleine main, la même sève ; nos défaillances cessent au contact de leur force, et notre inquiétude s'amollit dans leur paix. A travers eux, apparaît la puissance uniforme qui se déploie par la variété et les transformations des choses, la grande mère féconde et calme que rien ne trouble, parce que, hors d'elle, il n'y a rien. Alors, dans l'âme, une sensation se dégage inconnue et profonde... »

Qu'on relise tout cela. Il n'y a pas à dire, voilà des notes qui ont un sens, et je m'en étonne, parce que l'amour de la nature, très répandu, je crois, s'exprime, pour l'ordinaire, en réflexions tout à fait stupides. Mais que ces pensées, belles en soi et si justes, me semblent déplacées sur les lacs d'Italie ! Elles expriment trop mal les sensations autochtones ! Tout le monde traverse une fois dans sa vie ce paysage légendaire ; chacun est libre d'y porter ses façons de penser habituelles, mais dans ce pays de silence, où les oiseaux eux-mêmes ne parlent pas, seuls trouvent une patrie les passionnés résolus de céder à toutes leurs exténuantes langueurs.

III

AUTOUR DE L'ISOLA BELLA

De ma barque, qui longe les rives du lac Majeur, je vois les huit conscrits de Pallanza qui marchent musique en tête. Ils dansent, et autour d'eux dansent les polissons et les petites filles du bourg. De *trattoria* en *trattoria*, ils vont ainsi sous une profusion de soleil joyeux, et cela se déroule élégamment, comme une minuscule frise antique au bas de ces admirables montagnes... Un silence, puis la musiquette reprend, glissant jusqu'à ma barque sur le lac qui l'adoucit. En marche pour des *trattorias* encore ! Tout Pallanza les suit. Pauvres petits hommes ! Sous ce grand soleil. c'est l'instant triomphal de leurs vies. Dans ce cortège de fête, nul animal qu'ils mènent aux dieux pour honorer la Cité ; ces cœurs simples n'ont rien à offrir qu'eux-mêmes et c'est à eux aussi qu'ils offrent des libations.

Quel paysage incomparable autour de ces chétifs qui vont à leur destin ! Sur le lac Majeur, le ciel semble plus haut et l'horizon moins fermé qu'à Côme. Les montagnes y sont si belles, avec leurs courbes infiniment souples et fières et leur aisance de beautés naissantes, que je ne leur sens d'analogue que le jeune corps des femmes du Corrège ou les sentiments d'une pureté virile des jeunes gens de Platon. Chères montagnes, tantôt voilées dans les nuages, tantôt groupées comme des Mauresques au cimetière, mais jamais sèches ni dures, et que, vers le soir, les ombres vêtent des plus souples velours ! La vie est plus rare ici que sur ce brillant lac de Côme ; dans cet isolement, le sentiment s'élargit, dépasse l'exquis pour atteindre au sublime.

Mais voici le vapeur qui s'approche, image du travail consciencieux, faisant un bruit de grosse bête toujours en effort. En une journée il fait le tour du lac ; je quitte ma barque, trop lente pour mon impatience de beauté.

Isola Bella, la perle du lac Majeur.

Sur ce vapeur je retrouve des conscrits encore, qui vont sur la rive voisine visiter des villages amis. Groupés à l'arrière sur des tonneaux, une plume à leurs humbles chapeaux, ils sont tous crêtés comme de jeunes coqs et fument de longs *virginias* (si injustement méconnus par de bons connaisseurs, par Teodor de Wyzewa et par Anatole France). Un musicien les accompagne ; sans trêve, dans cette coupe sublime de lumière et d'eau bleue, il jette du Verdi frelaté et des chansons napolitaines. Tout cela bien suspect, mais emporté dans l'élan de cet incomparable après-midi. Les yeux aussi de ces petits hommes sont d'une parfaite stupidité, leurs attitudes veules, et pourtant les pauvres gens collaborent à l'harmonie de l'ensemble.

Au long de la rive, de simples terrasses, gagnées à grands travaux sur le lac, six arbres plantés sur un petit cap et qui supportent de longs filets de pêcheurs, des bancs de granit disposés pour embrasser les plus beaux aspects, dénotent un art de la volupté, un luxe sans richesse, auprès de quoi, sur la minute, les combinaisons d'un Rothschild, voire d'un Louis XIV, me semblent bien ostentatoires. On a prétendu que la devise des Borromées, « *Humilitas* », contrastait avec ces magnifiques lieux où elle est partout inscrite. C'est un faux reproche. Jamais ici au plaisir ne s'associe la notion d'argent. On s'abandonne au bonheur ambiant sans calcul ; il se fait parfums, couleurs, bruissement de la lumière et de l'eau, légèreté de l'atmosphère pour nous pénétrer par tous les sens.

... Soudain a retenti l'appel des matelots, l'arrêt d'Isola Bella.

Isola Bella, la perle du lac Majeur, le lieu légendaire de la douceur et de la beauté, où tout notre être est raréfié ! A ce nom sublime, à la foule qui dans un même amour se presse pour débarquer sur cet étroit terrain divin, j'oublie toutes les imperfections ; on va toucher à la pure volupté. Je veux me donner le chagrin de la refuser. Le bateau s'éloigne et seul je demeure sur le pont. Les terrasses d'Isola Bella étagent leurs romanesques décors, leurs statues qui montent vers le ciel comme des cris de bonheur, leurs végétations empruntées au monde entier et neuves sur l'imagination comme des frôlements inconnus.

Mise en scène si fine, si pénétrante d'imprévu que les nerfs de qui la contemple en sont usés pour tout le jour. J'ai vu des yeux qu'elle remplissait de larmes. L'*Embarquement pour Cythère*, disait Watteau, et sa mélancolie, son espoir dans la vie, sa sensualité excitée vers l'inconnu composaient un rêve analogue au *débarquement d'Isola Bella*.

D'autres jours, j'ai visité ce rêve et je sais, sur quelles réalités sont appuyées ses magies.

Vers 1628, Jules-César Borromée appliqua son âme à l'embellissement de ces rochers qu'habitait une pauvre population. Il rêvait d'y former un lieu de toutes délices auquel il donnait le nom d'Isabella, sa femme. Sur l'emplacement d'une église qu'il démolit, il commença des jardins pour lesquels il demandait des plantes en Flandre, à Valence, à Alicante, à Rome. Son fils Vitaliani, très épris des doctrines de Platon, continua de construire ce séjour idéal. Cent cinquante personnes habitaient encore un coin de l'îlot qu'il expropria. Il recouvrit ces rochers de terre végétale apportée dans des barques du continent ; et, plaçant le palais en partie sur l'eau, il superposa douze étages de jardins dans cet étroit espace. Dès 1668, on jouait dans l'Isola Bella un intermède en musique, *l'Hypocondrie chassée de l'île par l'Allégresse*.

A la fin du dix-huitième siècle, la condition des familles qui jouissaient d'une seigneurie territoriale fut bien changée. Né en 1751, Gibert fut le dernier des Borromées qui posséda des droits féodaux. Dépouillée d'un seul trait de tous ses privilèges, cette maison resta du moins puissante par ses propriétés privées. En 1796, Gibert, suspect d'avoir voulu renverser le nouvel ordre politique, fut relégué à Nice. Il ne rentra à Milan que simple citoyen. Napoléon, en constituant le royaume d'Italie, le fit comte et lui accorda d'ériger les îles en majorat pour son aîné.

Depuis 1814, il n'y a plus de majorat. Les Borromées font de grands efforts pour maintenir la belle création de leurs ancêtres. Mais un jour, par le jeu inéluctable du Code civil qui morcelle toutes les fortunes, nous verrons l'Isola Bella aux mains d'un Américain ou bien encore, c'est plus probable, transformée en Palace-Hotel.

Cueillons dans chaque saison le fruit qu'elle nous propose ; c'est la morale de ces îles fortunées, et puisqu'il en est temps encore, trouvons ici, réalisées par d'ingénieux et fastueux amateurs, les imaginations voluptueuses des plus grands poètes du monde. C'est ici les jardins d'Armide que peignit le Tasse et l'île d'Alcine décrite par l'Arioste.

IV

LES COLOMBES BORROMÉES

J'aurais voulu rencontrer dans les eaux qui baignent l'Isola Bella les deux nymphes que virent Ulbade et le Danois. Elles folâtrent et se défient à la nage ; quelquefois elles plongent et, en reparaissant, découvrent de nouveaux trésors. Les cœurs des guerriers s'émeuvent ; ils s'arrêtent pour les contempler ; elles continuent leur badinage ; l'une d'elles enfin s'élève sur la surface du lac et présente à leurs yeux sa gorge d'albâtre et des appas encore plus secrets. Le reste de son corps paraît à demi sous le voile liquide ; l'eau dégoutte de sa blonde chevelure. Ses regards distraits errent sur la rive ; elle détache ses cheveux qu'un nœud rassemblait sur sa tête ; ils tombent et couvrent d'or l'ivoire de son col : que de charmes disparaissent ! Mais un charme nouveau les remplace : elle reporte sur les deux guerriers des yeux où la honte se mêle à la joie. Elle rit, elle rougit, et son rire s'embellit de sa pudeur. Enfin, d'une voix si touchante qu'elle amollirait les cœurs les plus durs : « Heureux étrangers, leur dit-elle, qu'un destin propice conduit au séjour de la félicité, vous trouverez un asile ici contre les orages et l'oubli de vos peines ; vous y goûterez les plaisirs que goûtaient, au siècle d'or, les hommes encore libres du joug des lois. Quittez vos armes désormais inutiles. »

Les nymphes du Tasse ont disparu, mais leur chant flotte encore sur des paysages également puissants pour amollir nos sens et pour nous épurer par l'enthousiasme. Tel pourtant que nous le parcourons, ce jardin n'est plus qu'une magnificence décorative d'où l'acteur principal a disparu : il y laisse assez de traces pour que notre désir suscité le regrette. Dans l'Isola Bella, on souffre confusément du vide et de quelque manque. Cette île qui parfois me parut le bel Athis, sanglant et dégradé sur le sable à l'automne, c'est tout au moins un gazon foulé que vient de fuir la volupté. Dans ce paradis du romanesque, dans ce paradis perdu, continuons d'appeler les fantômes du Tasse; qu'ils nous soient un électuaire pour tromper les désirs auxquels nous livre sans résistance une telle atmosphère.

Les deux guerriers, Ubalde et le Danois, sont arrivés au jardin enchanté d'Armide. Des eaux dormantes, des ruisseaux sur un sable d'argent, des fleurs, des arbustes, des gazons, des collines dorées de lumière, des vallons couverts d'ombrage, des grottes et des forêts éternelles. L'art qui créa ces beautés y ajoute encore par les soins qu'il prend de se cacher. L'air docile aux lois de la magicienne porte partout une chaleur féconde et appelle dans les rameaux la sève obéissante; à des fruits toujours mûrs, les arbres mêlent des fleurs toujours nouvelles. Sur le même tronc, sous la même feuille, voici la figue déjà fendue à côté de la figue naissante, et la vigne encore fleurissante étale une grappe déjà lourde de jus et noircie. Les oiseaux amoureux soupirent dans la verdure leurs plaisirs et leurs peines, auxquels s'associent l'eau qui murmure et la feuille qui fraîchit. L'un de ces chanteurs ailés a le plumage multicolore et le bec purpurin; quand il commence un grand air, sa langue forme des sons qui ressemblent aux nôtres, tout se tait pour l'entendre : « Vois cette rose naissante, dit-il, que colore un modeste incarnat; à peine entr'ouvre-t-elle son bouton; moins elle se montre, cette recluse, plus elle est belle; mais déjà plus hardie, elle étale ses trésors, son secret; tout à coup, elle languit, elle n'est plus cette fleur qu'enviaient mille beautés et que les amants brûlaient d'offrir à leurs maîtresses. Cueillons la rose au matin, car le soir elle tombe fanée; prenons la rose d'amour; aimons tandis qu'on peut nous aimer. »

Il se tait, les oiseaux reprennent leur ramage; les tourterelles redoublent leurs baisers; tout brûle, tout s'enflamme. Le chêne et le laurier, les arbustes et les plantes, la terre et les eaux respirent l'amour et ressentent sa puissance.

Au milieu de tant d'objets voluptueux, les deux guerriers s'avancent. A travers le feuillage que voient-ils? Armide et son amant. Elle est couchée sur le gazon et tient Renaud dans ses bras. Son voile ne couvre plus l'albâtre de son sein; ses cheveux sont épars; elle languit d'amour; sur ses joues enflammées brille une sueur voluptueuse qui l'embellit encore. Dans ses prunelles humides il y a le feu du plaisir, et sa tête s'incline sur Renaud renversé.

Dans l'Isola Bella, si je cherchais involontairement ces images enivrantes du Tasse à travers les douze terrasses des jardins, c'est l'Alcine de l'Arioste qui me manqua après que j'eus visité le château et quand, des longues galeries en arcades qui portent toute la construction, je regardais les eaux plates, d'un bleu foncé, les douces collines qui leur font bordure et, plus loin, les cimes neigeuses.

Vous souvient-il du chant sublime où Alcine, quittant les portiques de son palais, vient à la rencontre de Roger? Entourée de sa cour, elle le reçoit et lui fait rendre les hommages qu'elle eût accordés à un dieu. Le palais était moins remarquable par sa richesse que par les grâces et la beauté de celles qui l'habitaient. Toutes avaient les mêmes charmes et la même jeunesse, surpassées par Alcine comme par le soleil les astres de la nuit. Ses cheveux flottent en boucles innombrables, souples et brillantes. Ses yeux noirs sont pleins de douceur et peu prodigues de regards. Sa bouche, teintée des riches couleurs du cinabre et qui laisse voir, en s'ouvrant, deux rangs de perles choisies, s'embellit de douces paroles et d'un sourire qui brûle et captive les cœurs. Divin sourire, qui semble appartenir aux cieux plus qu'à la terre! Son cou, gracieusement arrondi, efface l'éclat de la neige; sa poitrine est large et relevée; sa gorge, blanche comme le lait, est doucement agitée; on dirait les oscillations des flots quand souffle le zéphyr. En

— Heureux étrangers, leur dit-elle.

dépit des voiles qui veulent arrêter les regards, on découvre que les charmes cachés sont dignes de ceux que l'on aperçoit. Ses deux bras, d'une forme élégante et proportionnée, sont terminés par deux mains dont l'ivoire ne laisse paraître ni les veines ni les ressorts cachés. Tout séduit en elle : ses paroles, sa voix, son sourire, sa démarche, ses accents. Comment, à la voir si belle, Roger eût-il pu lui résister?

A la table d'Alcine, les lyres, les harpes, les cithares font frémir les airs de sons harmonieux. Les chants peignent les délices et les transports de l'amour. Les fictions de la poésie ajoutent aux charmes de ces récits. Le festin est plus magnifique et plus somptueux que si Cléopâtre recevait Antoine vainqueur.

On enlève les tables; tous les convives réunis en cercle se livrent à ces jeux inventés par l'amour pour favoriser les tendres et discrètes avances. Les uns et les autres se confient à l'oreille une partie des secrets de leurs cœurs. Alcine et Roger se font avec mystère les plus doux aveux ; un même désir amène la même promesse de se retrouver pendant la nuit prochaine. Les jeux cessent plus tôt que d'ordinaire. Des pages apportent des flambeaux de cire. Ils conduisent la joyeuse compagnie dans les appartements qu'elle doit occuper. Une chambre plus vaste, plus élégante et plus parfumée, est destinée au paladin.

Roger repose entre des draps du luxe le plus délicat. Il épie le bruit qui doit lui annoncer Alcine. Au plus léger mouvement, il lève la tête, plein d'espoir. Souvent il croit l'entendre mais il reconnaît son erreur et soupire. Parfois il s'élance hors du lit, ouvre la porte, écoute en vain et, plein d'impatience, il maudit les heures si longues qui retardent l'instant désiré. Se disant : « Elle vient! » il compte les pas qu'elle doit faire pour le rejoindre. Mille pensées l'agitent, et parfois il craint qu'un obstacle imprévu le prive du bonheur qu'il semblait tenir.

Enfin Alcine a banni toute crainte, et tandis que le calme et le silence règnent dans son palais, elle verse sur elle les parfums et sort doucement de sa chambre. Par une voie secrète, elle se rend près de Roger. Il voit enfin paraître l'astre charmant. Quel soufre brûlant coule dans ses veines! Ses regards plongent dans cette mer de délices et de beautés. Il s'élance de son lit et presse Alcine dans ses bras. L'enchanteresse n'a d'autre voile qu'un simple tissu de gaze d'une éclatante blancheur. Ce voile se détache sous les baisers de Roger, et Alcine paraît tout entière hors du cristal qui cachait ses contours de rose et de lis. Ils s'enlacent, et le lierre n'étreint pas avec plus de force l'arbre qui le soutient. La fleur que produisent les sables de l'Inde et les plaines de Saba n'a point de parfums aussi suaves... Puis le silence règne, bien que leurs langues muettes expriment encore leurs félicités.

Les mystères de cette heureuse nuit restèrent secrets, ou du moins on parut les ignorer. Toutes les belles soumises aux volontés d'Alcine entouraient Roger de prévenances et de soins, mais toutes feignaient de ne point soupçonner son bonheur...

Le voyageur qui vient du Nord, quand il visite l'Isola Bella, voit les larmes, entend les soupirs, répond aux mouvements d'amour des belles héroïnes du Tasse et d'Aristote. Ces divines harmonies, ces conceptions inconséquentes, tout ce romanesque plus oriental que la mélancolie des nuits asiatiques, sortent des domaines de la rêverie, deviennent ici possibles, voire nécessaires. Le voyageur appelle les Voluptés, il leur offre sa jeunesse, il regrette, comme Faust, de n'avoir pas eu la sagesse de la leur faire accepter.

Ces vieux bosquets, qui n'ont plus d'Armide ni d'Alcine, valent toujours par une profusion de plantes de tous les climats, et l'impression redouble de terrasse en terrasse, parce qu'on change à chaque fois de culture, sans que l'harmonie, comme c'est l'inconvénient des jardins botaniques, soit détruite par le mélange d'espèces disparates. Des groupes abondants de limoniers, d'orangers, de camélias, de camphriers, de magnolias et de cèdres du Liban nous composent successivement l'atmosphère de toutes les provinces du monde méridional.

Je pénétrai sous une haute futaie de lauriers. C'était, en plein jour, l'ombre la plus saisissante et qui augmentait encore la noblesse de ces branches sacrées. Noirs rameaux et feuilles lisses! A mon pas, une vingtaine de colombes se levèrent de terre, mais d'un vol si lourd qu'on eût pu les prendre dans la main. J'en fus beaucoup touché, parce qu'elles me parurent demi-ivres des parfums accumulés sur des terrasses si étroites par tant d'arbres de tous les climats. Cette atmosphère unique dans l'univers semblait les étouffer. Nul aujourd'hui ne se promène sans malaise parmi tant d'essences accumulées par la violence d'un art pompeux. C'est le royaume de la fièvre ; c'est une beauté irrespirable.

Nous avons de M. de Banville un livre lyrique dont le titre me donne une tristesse sans bornes. *Les Exilés :* mot qui découvre sous un ciel gris une grève. Ovide, dit-il, boit le lait des juments sous la tente de cuir du Sarmate, et sur son pâle visage, doré par le soleil de Florence, Dante reçoit la pluie noire du vieux Paris. Sont-ils les vrais exilés et les plus misérables? Non, car un jour vient où les oppresseurs sont balayés par le souffle de l'histoire. Faut-il plaindre davantage ceux qui vivent dans la pauvreté, dans le vice, dans la douleur, ceux que la mort a séparés des amis de leur cœur? Ils peuvent se consoler avec d'autres affligés. Les vrais exilés et dénués d'espérance, ce sont les passants épris du beau et du juste qui, au milieu d'hommes gouvernés par les vils appétits, se sentent brûlés par la flamme divine... Ainsi juge le poète. Quant à moi, je réserve mon sentiment profond pour ces beaux arbres de l'Isola Bella, pour ces *exilés* qui, en place des oiseaux de paradis promis à leurs branchages, ne supportent que de dépérissantes colombes, dont leur beauté transplantée fait la mort. Le véritable exilé, c'est celui de qui la nature trop belle répand autour de lui le désespoir ou la mort.

Septembre 1893.

L'AUTOMNE A PARME

A Luigi Gualdo, Milanais.

Il faut adorer Fabrice del Dongo (de la *Chartreuse de Parme*), qui nous offre un rare mélange d'enthousiasme et de finesse. A seize ans, il était ivre du désir d'agir et de se prouver son énergie au côté du grand Napoléon. Aujourd'hui, il ne trouverait d'activité et de risques que dans la vie parlementaire. En même temps qu'il savait s'amuser de l'intrigue, il avait le goût des sensations de l'âme. Par cette dualité, à laquelle la volupté de l'ancienne Italie fait un cadre convenable, il demeure un des héros les plus séduisants de ce siècle.

Je suis allé à Grianta, à Cadenabbia, où Fabrice passa son enfance sur le lac de Côme ; j'ai cherché vers Vico, entre Como et Ternobbio, le rocher qui s'avance dans le lac et sur lequel, assis par une nuit admirable, il éprouva une si délicieuse exaltation de générosité et de vertu à propos de la Sanseverina. J'ai suivi sa trace sur le lac Majeur et je me mêlai à toutes les impressions qu'il y promena. Hier enfin, dans Parme, je repassais les principales époques de sa vie, toute gorgée de romanesque et d'imprévu, jamais basse ni veule, et que poursuit mon imagination avide de se distraire avec des vies de son goût, des faux pas ou des retards que je ne sus point m'éviter.

Les colombes borromées.

Dans ce Parme, que négligèrent Taine

et Bourget, il me fallait d'abord visiter le Corrège. Là seulement on peut connaître ce peintre sublime qui créa une expression pour tous les moments de l'âme féminine, gradués de la plus fine contraction nerveuse jusqu'à la volupté défaillante. L'humidité, le temps ont rempli d'ombres ses fresques, ses coupoles d'églises, et obscurci d'un mystère sans grâce la grâce mystérieuse de ses figures; mais au Musée, deux, trois tableaux, — le *Jour* surtout, où un bambin manie les cheveux d'une incomparable Madeleine, si souple, si voluptueuse avec ses seize ans à peine, — m'ont restitué la grâce touchante, la lumière et la mobilité expressive du lac de Côme. Instruit par de telles beautés, on arrive à goûter le Parmegianino lui-même, à réformer les idées préconçues qui si injustement exaltent ces maigres, secs Florentins, primitifs étriqués et durs. (Voir au Brera, à Milan, de tel Procaccini dédaigné, une sainte extasiée avec une blessure d'où ruisselle un sang affreux sur ses seins charmants, sous une molle batiste. Par-dessus cette belle épaule nue, une tête d'homme, de femme, regarde tout ce sang avec une étrange complaisance et, sans plus se montrer, de la main lui tend une passionnante couronne de roses violettes et jaunes. Combinaison psychique et de couleurs qui passe singulièrement les dures et niaises tentatives d'un tas de Giottos pour Anglaises.)

Je sais bien pourquoi c'est à Parme que Stendhal situe son roman. Souvent il vint ici admirer la volupté du Corrège, qu'il devait sentir avec une extrême vivacité, puisqu'il savait jouir de l'opéra italien ; et dans son esprit, le nom de Parme restait lié à cette recherche du bonheur dans les sentiments tendres à laquelle il consacra cet hymne immoral et passionné : *la Chartreuse*.

Mais si fort que je goûte le Corrège, pouvais-je, dans ce premier instant de mon séjour à Parme, me donner tout à lui? Pouvais-je m'attarder à l'iconographie des Farnèse, de qui les mauvaises figures en tout autre lieu m'eussent accaparé, car il n'est rien dont je sois plus curieux que de suivre sur trente-six personnages une même âme de famille? Et surtout, pouvais-je me souiller à m'occuper de l'indigne Marie-Louise, jadis impératrice des Français auprès de Napoléon le Grand et qui régna ici dans les bras d'un borgne?

J'avais trop grande hâte d'errer au hasard de cette ville et d'y laisser naître mes idées.

Pour qui possède le secret de faire parler les objets, Paris, marqué du sceau impérial de Balzac, donne des leçons de volonté; mais Parme, tout imprégnée de Stendhal, est l'endroit du monde où s'abandonner au culte des sensations de l'âme. Je cherchai d'abord telles rues, telles maisons où se passèrent tels actes décisifs, où furent échangés tels propos infiniment spirituels, mais on m'a gâté toute Parme, et je crois bien que le comte Mosca, qui l'administra avec tant de génie, s'y trouverait désorienté. Du moins, le type humain est-il demeuré celui que Corrège fixa et que présentait, d'après la description de Stendhal, Clelia Fabio Conti. Je notai, chez les grandes filles, des yeux amusants qui révèlent un peu de l'âme d'une souris, et, sur le *Pont Vert*, des petites filles qui tournoyaient découvrirent sous leurs robes, aux teintes fondues par le soleil, ces mêmes nus que le Corrège, à profusion, immortalisa.

Puisque, dans le détail, Parme m'échappait un peu, je projetai, pour en saisir l'ensemble, de suivre la promenade qui l'enserre.

Vers 1830, les remparts n'étaient pas plantés de ces arbres qui, sous cet automne, en font un sentier enivrant de mélancolie, mais ces mêmes sentiments qu'imposent au promeneur solitaire ces charmilles lépreuses, le ton roux de ces feuilles pourrissant sur les pentes, et ces petits bancs si tristes d'être inoccupés, la duchesse de Sanseverina les avait reçus des circonstances. En outre, c'est sur cette terrasse, je le jure, que Fabrice, éperdu d'amour pour la Crescenzi, que depuis un an il n'avait pu voir, cherchait à se figurer ce que pourrait être cette tête charmante avec des couleurs à demi effacées par les combats de l'âme.

Belle petite ville de Parme, presque de sentimentalité allemande, sous son gris bleu vêtement d'octobre! Dans cet instant je faillis pardonner à Marie-Louise, douce âme qui n'avait de vie qu'à mi-corps.

C'est aux morts que j'ai donné ma journée ; finissons-là au Campo-Santo. Comme il est noble, ce clos silencieux, ceinturé d'un élégant portique ! Plus haute que toutes et seule fastueuse, voici la tombe du mystérieux Paganini (3). Il a du marbre, quand les autres ne sont vêtus que d'herbes comme d'un manteau jeté sur des frères qui sommeillent au bout de l'étape. Au printemps, c'est un manteau piqué de violettes doubles de Parme, mais, sous la petite pluie qui termine ce jour d'automne, je perçois, nos âmes perçoivent la triste et fade odeur des cimetières. Ah ! ces morts sont plus morts que Fabrice del Dongo, le comte Mosca, la Sanseverina et la Crescenzi, qui n'ont jamais existé !

La beauté finissante des Corrèges, cette petite senteur des cadavres, le nom évoqué des violettes, ces quatre sauvages de Stendhal qui bondissent dans mon imagination, c'est assez pour qu'ici je puisse faire les liaisons d'idées les plus émouvantes. Je m'abandonne à l'une de mes rêveries préférées, c'est de rechercher ce que pouvait être la prière que Fabrice avait écrite et qu'il lut dans la petite église Sainte-Marie-de-la-Visitation, le soir que Clelia vint l'entendre. Tels étaient l'expression de sa voix et sans doute le pathétique de son développement, que tout le monde pleurait. Stendhal ne nous donne que le thème de cette prière, c'était « sur la pitié qu'une âme généreuse doit avoir pour un malheureux, alors même qu'il serait coupable ». Quelle volupté d'errer dans la ville du Corrège en se laissant aller à la musique triste des pensées tendres ! Plaisir mortel de souffrir volontairement sur des pointes aiguës, de connaître que notre vie s'écoule, qu'elle se perd en vulgarités. Mais sept heures sonnent à la *Steccata*, à l'église où sonna le minuit du rendez-vous enfin donné par la Crescenzi à Fabrice : « Entre ici, ami de mon cœur », lui dit-elle

LE ROCHER DE FABRICE DEL DONGO.

d'un ton très bas. Partons, le soir tombe sur la ville.

Octobre 1893.

DANS LE SÉPULCRE DE RAVENNE

Est-ce un bas village de Bretagne? sous la pluie, une plaine désolée de Camargue? Pour accroître ce silence, compliquer de la notion de ruine cette vision de pauvreté et enfiévrer ces moisissures, ce pays nous donne son nom : Ravenne, tout chargé de siècles, lourd vaisseau échoué aux sables de l'Adriatique avec son chargement de Byzance.

On passe huit jours à visiter ici les morts les plus morts de l'Italie : des mosaïques, des mausolées et des basiliques qui n'ont plus de culte, de cadavres ni de beauté.

Ci-gît le meilleur document sur la période confuse qui relie l'antiquité au moyen âge. Déjà les catacombes de Rome enveloppaient de cette atmosphère notre imagination, mais dans Ravenne, plus sûrement, une civilisation qui se délite intéresse tout notre être par les miasmes qu'elle exhale.

Devant ces mosaïques chrétiennes des premiers siècles, l'intelligence désorientée tâtonne et, dans un lieu moins dénué, se détournerait ; mais cette Ravenne, solitaire et impérieuse, a plié tout ce qu'elle renferme d'après les attitudes cérémonieuses et souffreteuses où ses peintres mosaïstes exprimaient leur vision monotone de l'humanité. La population y est basse, âpre à l'argent, dépourvue de ressources. Peu à peu, dans cette retraite, et mieux que dans l'étourdissement de Rome, on sympathise avec l'idéal maussade et tout d'abstraction que poursuit l'art chrétien des six premiers siècles.

Après les mosaïques, les mausolées. La Rotonda, par exemple, tombeau du roi Théodoric. Parce qu'il était hérétique, ses ossements, dans la suite, furent arrachés à leur majestueux sépulcre et jetés au vent. On voit ici combien notre honneur ou notre déshonneur sont soumis aux circonstances et, d'ailleurs, très vite deviennent indifférents. Le tombeau de Théodoric a un petit jardin fermé par une grille avec une gentille avenue tapissée d'herbe. C'est Théodoric l'Arien, mais c'est aussi un retraité de banlieue. Il est du sixième siècle, mais il est aussi de Neuilly. Son gardien, quand je sonnai à la porte, greffait des roses.

SOUS LA PLUIE, UNE PLAINE DÉSOLÉE DE CAMARGUE.

De-ci de-là, au hasard de la promenade

dans Ravenne, on voit des plaques commémoratives : « Ici, un tel fut traîtreusement assassiné par tel autre. » Au reste, on se sent incapable de blâme ou de pitié, voire de curiosité. Nul endroit plus désigné pour qu'on s'abandonne à l'âcre plaisir de se désintéresser de tout. Je me reconnais sans attache réelle avec les passions auxquelles je me consacre.

Ce pays-ci, trop lourd de reliques et de drames, s'enfonce. La crypte de Saint-Apollinaire hors les murs, est remplie d'une eau verdâtre, décomposée, qui atteint la marche suprême, pourrit lentement le parvis de l'église et ronge les dix sépulcres qui, depuis douze siècles, perpétuent des mémoires indifférentes. Dans tout Ravenne, les choses, lasses de se maintenir veulent aller où sont déjà les êtres : sous terre. Elles aspirent à descendre dans le sépulcre, à se faire enfin pourriture. Et ce désir des choses s'affirme avec tant de puissance que nous verrions un sacrilège à intervenir contre cette ascension de la mort.

N'est-ce pas ici que Byron s'efforçait d'aimer la Guiccioli, au lit de laquelle, enfin, il préféra le tombeau?

Une fade odeur de moisi m'enserre. Vient-elle des pauvres objets de ma chambre d'hôtel, ou des impressions amassées par huit jours de curiosité dans ces ruines croupissantes?...

Entre les maisons basses et sur les pavés pointus, nous avons gagné la campagne.

Au sortir de Ravenne, la plaine est immense et grave. C'est l'espace où jadis s'étendait la mer. La route fuit en ligne droite sur une maigre chaussée entre les marécages, et l'on écoute le roulement lointain de l'Adriatique. Nulle beauté, nul plaisir, mais un sentiment violent et indéfini qui intéresse l'âme en la faisant sérieuse.

Là-bas, des moutons noirs quêtent l'herbe sur le talus des canaux. En deux

La Pineta, où Byron chevauchait avec la Guiccioli.

heures, nous ne croisons qu'un pauvre âne qui traîne deux paysans épuisés de fièvre. Un oiseau de mer, qui plane sur ces marais, en fait la seule animation. Et tout à l'heure, à la Pineta, je chercherai vainement les vipères que par les jours d'orage le voyageur entend siffler sous sa voiture. Voici qu'enfin accourt le vent salé de la mer. Lentement, sur l'horizon, les pins en ombrelles apparaissent.

Après deux heures de route, on atteint ce qui fut la Pineta, où Dante chassait avec les Polenta, où Byron chevauchait avec la Guiccioli. Ces deux poètes cherchaient ici des images pour exprimer leurs humeurs tragiques. Il y a quatre ans, des incendies ont détruit sur de longs espaces les pins légendaires. Ceux qui parsèment encore cette désolation émeuvent d'autant plus. Ils ont donné à la brise, au temps et à la fatalité tout ce que ceux-ci peuvent emporter. Leur caractère indestructible, les eaux stagnantes qui les entourent et le gémissement de l'Adriatique, ramassent autour du promeneur la notion d'éternité. D'ici, la vie n'est plus qu'un bruit lointain de chiens qui jappent. On doit l'entendre ainsi par les fenêtres closes de sa chambre d'agonisant.

Nulle enquête n'est forte comme une méditation dans le désert de Ravenne pour nous donner une vue claire de la qualité d'énergie que doit fournir un homme soucieux de garder prise, durant quelques siècles, sur les imaginations. Les nuances, les gentillesses, les plus adorables finesses, rien ne vaut, rien que d'être violent et singulier.

Ravenne possède quatre dés heureux, retournés par ceux qui demandent aux jeux du hasard l'immortalité. On y voit la colonne funéraire d'un grand capitaine, Gaston de Foix, le portrait d'une grande courtisane, l'impératrice Théodora, le tombeau de Dante et la cabane de Garibaldi.

La colonne de Gaston de Foix et l'image de Théodora, engagées déjà dans la vase, n'ont plus guère de sens, parce que d'autres beautés et d'autres soldats ont amené les mêmes points et montré cette chance exceptionnelle de se prostituer sur un trône ou de mourir sur le champ de bataille. Mais le tombeau de Dante, isolé au détour d'une rue où l'herbe pousse entre les pavés, garde sa plénitude d'émotion. Ce poète ayant exprimé en beauté le catholicisme du moyen âge assume le bénéfice de façons de sentir dont il est pour nous l'unique représentant.

Elle maintiendra aussi son prestige, — dans ce désert fiévreux qui occupe les vastes espaces entre la mer, Ravenne et la Pineta, — la *cabane* où se cacha Garibaldi en août 1849, tandis que les patrouilles autrichiennes le traquaient pour le fusiller. Les mots inscrits à son fronton donnent aux cœurs ambitieux un mouvement sublime : « Cette cabane sacrée..., les Italiens l'honorent comme celle de Bethléem. » L'Italie, dans son ardent désir de refaire son unité, a su mettre d'admirables *memoranda* sur toutes les pierres où reposèrent ceux par qui elle put s'affirmer. Ce Garibaldi au manteau flottant, de mémoire un peu suspecte en France, grandira en Italie jusqu'à devenir une légende sublime, parce qu'il a réuni (et pour le bien de son pays) tous les traits d'une espèce d'aventuriers depuis des siècles très fréquents sur cette terre, mais qu'il rejette dans l'obscurité.

... De la Pineta, en nous dirigeant vers la *cabane sacrée*, nous avons atteint la mer. Voici le soir. L'Adriatique roule en mugissant ses lourdes volutes de vert et de jaune splendides. Les phares s'allument. Le voiturier s'inquiète : son triste cheval nourri de seules herbes a les reins couverts d'une affreuse écume. Il faut rentrer dans Ravenne.

Le soir met sur les terres et les étangs son immense teinte de violet lamé d'argent. Derrière nous court le gémissement de la mer. Des pensées surgissent de toutes parts, énergiques et dévorantes, comme si elles avaient été laissées dans ce désert par tant d'hommes passionnés qui le traversèrent, ivres de désirs, de haines et de violences. Elles sont mêlées de fièvre pour avoir si longtemps dormi sur les marais. Elles se joignent à nos soucis ordinaires, les enfièvrent jusqu'à ce qu'ils passent toute mesure et de songes deviennent du délire.

Ce froid me glace. Il pénètre trop avant et l'on ne sait pas s'en défendre ; aussi bien il se fait aimer. Est-ce vraiment le vent de la mer ? C'est un souffle du sépulcre. Il emporte bien loin ces petites illusions que la société remet à chacun pour qu'il ait le courage de suivre sa destinée.

Aux portes de cette ville, j'ai vu des malheureux enfoncés jusqu'à mi-cuisse dans la boue qu'ils battaient pour en faire des briques. Les mausolées et les basiliques de Ravenne construits de cette sorte, ont duré ; ils n'ont pas fini de pourrir, quand déjà deux ou trois civilisations plus récentes ont disparu. N'importe, cette boue qui défie la mort me glace ; sortons du sépulcre, revêtons nos préjugés. Si temporaires, du moins ils nous tiennent chaud. Recommençons à ne plus penser. Fermons notre cœur sur la vérité.

Avril 1894.

UNE JOURNÉE A PISE

Cette douce Pise n'a que peu de choses à montrer, mais exquises. Elle les présente avec une complaisance charmante, sur sa petite prairie où les pieds poudreux des voyageurs n'empêchent point que fleurisse un magique trèfle à quatre feuilles (le Dôme, le Baptistère, le Campanile et le Campo Santo), divinement doré, ce matin, par les premiers soleils de l'année. Ce ne sont point les gens vulgaires qui nuisent aux chefs-d'œuvre. Ils passent comme des troupeaux innocents. Mais les délicats corrompent peu à peu l'atmosphère des lieux célèbres, en y laissant quelque chose de leur personnalité.

Cet art florentin où rien n'est mièvre ni affecté, mais qui suit la nature avec minutie et simplicité, peu à peu devant notre imagination s'est modifié au contact de tant de jeunes filles et de poètes (les meilleurs comme les pires) qui l'ont célébré en termes recherchés et précieux. Ces types toscans, jamais vulgaires mais de vie populaire, malicieux parfois et souvent déformés par les métiers et les privations, on a voulu les voir comme une aristocratie, comme une élite dont tous les liens seraient coupés avec la réalité. Pauvres petites gens que j'admirais tout à l'heure faisant vos besognes familières dans les fresques de Benozzo Gozzoli (au Campo Santo), à vouloir vous anoblir, peu à peu on vous enlève vos mérites. Vous êtes des êtres qui riez, peinez, pleurez, tremblez, dépérissez ; vous faites partie d'une civilisation ; vous ne la résumez ni ne la dominez. Vous n'avez pas une qualité de beauté pour qu'on vous hausse impunément aux rôles de demi-dieux ; laissez cela aux enfants de Michel-Ange. Vous êtes une gentille plèbe, telle qu'en produit, aux époques artistiques, chaque métier dans chaque pays, mais à vouloir vous déclasser, à vous tirer de la catégorie des figures réalistes pour vous introduire parmi les types du génie humain, les poètes, d'accord avec les demoiselles anglaises, ont mis à la mode je ne sais quelle simplicité élégante, dont la fadeur dégoûtera bientôt les esprits sincères, au point que vous, pauvres artistes innocents de cet engouement, vous tous et surtout Botticelli, vous tomberez pour un certain temps dans la plus triste défaveur.

Pour retrouver l'atmosphère sincère de l'art toscan (et puisque aussi bien Pise est trop connue pour qu'on la décrive encore), je suis allé à travers une belle forêt de pins jusqu'à la Méditerranée. Sur l'horizon, des montagnes fines et précises, crêtées de neige ; dans la plaine, çà et là, des cyprès décoratifs. Sur la plage, à une heure et demie de la ville, j'ai visité Il Gombo, où les flots rejetèrent le cadavre de Shelley, que Byron fit brûler ; Byron put tenir dans sa main les cendres de Shelley, mais il ne possédait plus son cœur ; Shelley, quand il mourut, était sur le point de se brouiller avec son impérieux ami. Les motifs de cette séparation constituent un admirable témoignage sur les caractères d'exception. Dans ce dossier du génie on trouverait l'histoire d'Allegra, la fille naturelle de Byron, romanesque et mystérieuse comme l'*Euphorion* du second *Faust*. Elle mourut à quinze ans ; elle était la nièce de Shelley, et celui-ci ne put excuser le manque de cœur de Byron qui, en effet, assume une grande part de responsabilité dans la mort de la pauvre petite... Croirait-on que cette belle-sœur de Shelley, qui fut la maîtresse de Byron et la mère d'Allegra, ne mourut qu'en 1879 ! Les plus jeunes d'entre nous auraient encore pu connaître une maîtresse de Byron et une maîtresse de Napoléon. Cette petite pas grand'chose de Mme Fourès, qui figurait en habits d'homme dans l'armée d'Egypte, ne mourut qu'en 1869. Plutôt que d'écouter la vague sur cette plage si triste, vaudrait-il pas mieux interroger les vieilles femmes ?

Nul signe ne marque sur la grève cet endroit où vont les pensées de tant d'admi-

Il Gombo ou les flots rejetèrent le cadavre de Shelley que Byron fit bruler.

rateurs, mais on le reconnaît parce que c'est le point d'où cette solitude se déploie avec le plus de magnificence. Une mer sans voiles et d'un bleu profond, des pins terriblement déformés par le vent, et par-dessus, dans le lointain, les seuls Monts Pisans qui mettent un troisième bleu entre les teintes du ciel et de la mer, composent un ensemble délicat et puissant, où l'on se surprend à louer la nature d'atteindre ici la beauté sans prodigalités ni efforts. (Comparez à cette sobriété la Suisse, si ridicule avec ses rodomontades de montagnes, de précipices, de glaciers, de sapins, de nuages, d'avalanches et tout son matériel qui nous encombre sans nous toucher.)

Cette promenade, mieux qu'aucun traité, m'a donné le ton pour goûter l'art réaliste de Toscane et tous ces primitifs. Second bénéfice, j'ai rencontré un troupeau de chameaux qui s'en allaient travailler aux champs avec un nonchaloir attendrissant. Troisième bénéfice, à ne trouver au lieu funéraire de Shelley aucun signe matériel, j'ai senti une fois de plus que, pour les tombes, silence et nudité, c'est éloquence et beauté.

Si la mode se propageait de mettre des photographies dans les cimetières, ce serait un grand malheur. La somme de poésie qu'il y a dans l'univers en serait considérablement diminuée, car la mort perdrait sa mélancolie. C'est une impression que j'ai eue très forte au cimetière de Gênes. Les défunts y sont représentés en marbre, en bronze, tantôt couchés et recevant les derniers embrassements des leurs, tantôt en veston comme ils avaient coutume. Ils arrêtent toute sympathie. A les voir tels qu'ils furent, on bénit la mort. Mort bienfaisante, qui nous a délivrés de pareilles vulgarités! A considérer ce sot, ce fat et ce gaillard, je me disais : « Enfin! nous l'avons enterré! C'est toujours un monstre de moins! » Mais pas une fois, dans ce cimetière, je ne trouvai le sentiment que j'y venais chercher : ce que nous donne de regret vague un nom sur une dalle rongée, et de qui, bientôt, ce sera comme si cet être n'avait pas vécu.

Mars 1894.

LES BEAUX CONTRASTES DE SIENNE

Cette rude petite ville de Sienne, si pleine de volupté, apparaît à l'imagination comme la recéleuse chez qui le Sodoma vint entasser les trésors qu'il composait selon les conseils du Vinci et selon son propre cœur, qui était trouble.

Etrange enfant, cette Sienne, à la fois si dure et si souple, cerclée de murailles qui la compriment et assise avec aisance sur trois collines. Ces rues étroites, enchevêtrées, qui sans trêve grimpent et dévalent, que de fois je les ai suivies dans la fraîcheur qu'y maintiennent, même en été, les lourds palais qui les bordent! Je les sillonnais en tous sens, entrant chez les antiquaires, m'intéressant à toutes les églises et me reposant enfin à la cathédrale parmi les charmants jeunes gens, vrais pages de plaisir, du Pinturicchio.

C'est la qualité de la lumière, plus encore que tant de chefs-d'œuvre particuliers, qui varie le pittoresque de Sienne. Au matin, quand tout l'être est léger et que le pied semble prendre de la joie sur les dalles élastiques des rues, j'ai vu, au fond de sa place fameuse, le Palais Public gai, jeune, avec ses créneaux qui lui font une couronne et sa gentille loggia. Une ombre fraîche et lumineuse l'adoucissait; le soleil, en face, éclatait sur le marbre blanc de la fontaine, et tous les palais de cette place, si étrangement dessinée en forme de coquille, prenaient leur pleine valeur, rouges, gris, verts et violets... Et puis, je l'ai vu, ce Palazzo Pubblico, le soir, si sombre, si triste de son balcon désormais muet, de son beffroi dont la voix manque d'autorité et de sa haute tour qui n'aperçoit plus rien d'héroïque.

Une des plus fortes sensations de cette Sienne, dont les rues étroites, toutes dallées et fraîches, semblent les couloirs d'un immense palais, ce sont soudain des jours, des sortes de fenêtres, ménagées aux plus beaux points et d'où le regard, franchissant les ravins bâtis que forme la ville, embrasse les longs aspects vallonnés de cette campagne surprenante. Parfois encore, la rue s'élargit en terrasse, toujours bornée à pic par l'abîme et plantée de trois arbres, d'autant plus précieux parmi tant de pierres. Combinaison fort habile de l'art ou du hasard. Nous commencions vaguement à souffrir de ne fouler jamais de terre, de n'apercevoir jamais un arbre, mais seulement, entre les hautes frises des palais, une raie de ciel, et voici que soudain un mur s'abaisse à n'être plus qu'un garde-fou sur les pentes qui nous séparent de l'immense horizon.

Ce mélange un peu théâtral d'architecture et de nature, mis au point par les siècles, fait un divertissement artistique tel que jamais je ne me lassai d'en goûter l'imprévu. Les jardins les mieux étudiés, le Boboli avec ses trouées sur la campagne de Florence ou ceux des lacs Majeur et de

LES RUES ÉTROITES, ENCHEVÊTRÉES DE SIENNE.

Côme, à l'instant où leurs collines d'azalées défleurissent sous les magnolias commençants, ne passent pas en beauté ces places où les femmes de Sienne, en tirant l'eau du puits sous des arbres centenaires, embrassent un illustre horizon.

Tel est le prestige de Sienne : grave et voluptueuse dans ses parties les plus modestes aussi bien que dans les promenoirs fameux que lui font sa cathédrale et sa place de la Seigneurie.

C'est le caractère de la Toscane entière. On ne saurait être jeune avec plus de gentillesse que ces territoires florentins ; oui, nulle part la jeunesse n'a été davantage une jolie chose à mettre dans son lit. Et si vives que soient dans cet air léger et brûlant les sensations, jamais elles n'y sont entachées de bassesse. Mais à Sienne, plus qu'en aucun lieu de Toscane, ces deux caractères, gravité et volupté, s'affirment avec intensité et par là contrastent fortement. Peu de nuances, des couleurs fortes et quelque chose de l'âpre sensualisme dont l'Espagne est exaspérée.

Dans cette étroite enceinte, tant de durs palais-forteresses, del Magnifico, Salimbeni, Piccolomini, Tolomei, avec leurs tours et leurs créneaux, nous remémorent des légendes tragiques jusqu'à la férocité, et puis, à leurs pieds, voici la petite maison trempée de dévotion de sainte Catherine, un des reliquaires qui ont mis dans le monde chrétien le plus d'attendrissement... Et quand nous visitons le Musée, même antithèse entre l'énergie sévère des primitifs Siennois et la force passionnée du Sodoma assisté des Beccafumi, des Pacchia.

Le Sodoma ! c'est la volupté du Vinci : mais le trouble qui nous inquiétait dans le sourire lombard, ici gagne tout le corps. Ce n'est point simplement un mystère spirituel que nous proposent, à l'oratoire de San Bernardino et à l'église de San Domenico, les tableaux de Sodoma, tableaux multipliés au point que Sienne en est toute modifiée et que, d'histoire et d'aspect si rudes, elle nous emplit pourtant de mollesse.

A Florence déjà, devant le *Saint Sébastien* des Offices, nous avions soupçonné son secret. Ce qui fait l'émoi de ce merveilleux jeune homme, ce n'est point la flèche qui traverse son cou, ni celle qui met sur sa cuisse deux minces filets de sang. Nulle femme ne s'y trompera. Involontairement, elles s'avancent pour recevoir ce beau corps dans leurs bras. Lui-même, avec cet air de vierge et sous cette impression nouvelle, croit mourir, veut des bras qui le serrent. L'extase, l'angoisse de ses yeux, de sa bouche entr'ouverte, avouent ce que nous dit d'autre part la sombre et brûlante image du Sodoma.

On peut le voir, peint par lui-même, dans une fresque de Monte Olivetto. Cette impérieuse figure olivâtre, long ovale qu'accompagne une large chevelure noire tombant jusqu'au épaules, et puis ces yeux splendides, cette bouche trop épaisse... Ah ! te voilà bien, Antonio Bazzi, *detto* il Sodoma !

Chez un tel homme, les images sensuelles prennent une acuité exceptionnelle, rompent l'harmonie ou, pour parler librement, la médiocrité de notre vision ordinaire. Il transforme dans son esprit les réalités du monde extérieur pour en faire une certaine beauté ardente et triste.

Ils ont raison de se choquer, de s'épouvanter, ceux pour qui l'art n'est point un univers complet et qui, ne sachant point s'y satisfaire exclusivement, tenteront de transporter des fragments de leur rêve dans la vie de société : rien n'en résultera que désastres.

Les jeunes gens du Sodoma, qui mêlent à la vigueur physique attestée par leurs muscles d'athlètes une expression intellectuelle si aiguë qu'elle en devient douloureuse, sont une vision épuisante. L'exaltation psychique unie à cette force de vie atteint les plus hautes expressions du désir, du désespoir, de l'ardeur à la vie, et provoque en nous, tout au fond de notre conscience, des états inconnus dont la force surgissant pourrait bien rompre l'ordre social.

De ses femmes, les sentiments ne sont pas moins aigus. La *Madeleine* sur l'épaule du Christ mort appuie sa joue, lui tient la main, avec quelle secrète douceur ! Jamais tant qu'il vécut elle n'osa ce geste familier qui lui est infiniment sensible. — Voici sa *Judith*, jeune fille qui rentre au camp des Hébreux. A la voir qui passe ainsi, ce matin-là, ne dirait-on pas une vierge dont aucune image jamais ne brouilla le regard? Et pourtant Holopherne était un vigoureux vivant! Comme une femme oublie l'acte auquel elle s'est prêtée! Petites mains qui tenez ce sabre sanglant, avant que le coq ait chanté, ne fûtes-vous pas deux petites mains frémissantes et caressantes? — Et dans la fresque où le peintre représente l'épisode fameux du condamné qui, pour mourir sans blasphémer, exigea que la sainte lui tînt la tête sous la hache du bourreau, le groupe des vierges, accourues pour voir sur le tronc décapité le désordre de la mort, nous révèle le goût impur de la femme pour le sang et pour l'épouvante. Dans toutes les filles de Montmartre, haletantes de détails sur le dernier guillotiné, Sodoma m'a fait reconnaître Hérodiade. — Mais de ce maître, la force expressive sublime, c'est *Sainte Catherine* exténuée. Ce qu'elle fut, cette sainte, de qui Sienne est remplie, on l'entrevoit d'après ses portraits à peu près authentiques : une vieille fille énergique, fort intelligente, que n'arrêtaient ni le respect humain ni les obstacles. Ses ardeurs très réelles, n'ont rien à voir avec la mollesse. Leur qualité apparaît toute dans sa démarche auprès de Grégoire XI, qu'elle fit rentrer dans Rome : « Pour accomplir votre devoir, très saint Père, et suivant la volonté de Dieu, vous fermerez les portes de ce beau palais et vous prendrez les routes de Rome où les difficultés et la malaria vous attendent, en échange des délices d'Avignon. »

Comment cette femme d'action, de génie énergique, exaltée par ses méditations solitaires, devint-elle dans les arts le plus voluptueux symbole? La figure de sainte Thérèse a subi une transformation analogue. La légende toujours auréole de trouble et de charme ceux qu'elle choisit. L'imagination populaire ne peut s'accommoder de faits précis et répugne à l'analyse des caractères.

Le Palazzo Pubblico, le soir, si sombre, si triste.

On suit la transition chez les artistes plus rapprochés de la sainte. Dans la salle du Conseil, au Palais Public, la délicieuse *Sainte Catherine*, de Vecchietta! Quelle princesse du mysticisme! C'est adorable et bien précieux, car il y a une intention de ressemblance et Vecchietta a dû se servir des portraits du temps. Le teint frais de la bonne nonne et les beaux grands yeux qui ont beaucoup pleuré, et l'arc de la bouche, et les longues mains aristocratiques qui portent les stigmates comme des joyaux... Elle a fait assez pour nous toucher si, nous présentant ses plaies, elle nous remémore ses vertus. Mais de ces vertus, les Siennois bientôt voulurent une représentation émouvante ; ils se convainquirent que celle qu'ils aimaient avait dû être la plus troublante des amoureuses. Est-il rien de mieux que leur maîtresse qui se pâme pour faire impression sur des hommes rudes? Il fallut bien que Catherine, maîtresse de Sienne, se pâmât.

L'Évanouissement de sainte Catherine, par Sodoma, avec son corps ployé dont les molles étoffes nous révèlent la défaillance, provoque et contente nos forces secrètes. C'est tout notre être qui s'intéresse là. Un parfait objet d'amour, voilà ce qu'a mis Sodoma dans San Domenico de Sienne, et l'installant si mol et trempé de passion parmi ces duretés, il a créé un des contrastes les plus puissants que le monde de l'art propose à ses voluptueux.

Avril 1894.

Dans le Nord

VERSAILLES. — LE PETIT TRIANON.

DANS LE NORD

LE CRÉPUSCULE CHEZ LES ANIMAUX

Jusqu'à quatre heures, la journée avait été admirable ; de ce soleil de novembre, les animaux étaient ragaillardis. C'était, dans les allées du Jardin d'Acclimatation, une élégante procession et comme une sortie de l'arche de Noé ; les bêtes portaient les enfants que suivaient les parents très fiers et les vieillards attendris un peu plus que de raison.

Je vis passer la girafe, timide et donnant l'impression des demoiselles qui ont coiffé sainte Catherine — inutile comme elles et comme elles encore si contente qu'on la caresse ! L'éléphant promenait une noce d'un air indifférent, énorme, avec de la mousse sur ses cuisses et une piquante vivacité dans son petit œil. Le chameau aussi travaillait. L'un d'eux, surtout, une sorte de guerrier, avec ses longs poils gris de lin, et bien ramassé, ballottait comme une guenille malsaine le petit bourgeois accroché entre ses bosses.

Ces bêtes, si graves, à plusieurs reprises passèrent devant moi, escortées par la foule qui ne cessait de ricaner qu'on pût être éléphant, chameau ou dromadaire, et sans qu'aucune des personnes qui se pressaient autour de ces parfaits spécimens des grandes espèces me parût présenter le véritable caractère de l'humanité — qui est moins, n'est-ce pas ? de marcher sur ses pattes de derrière que d'ordonner intelligemment ses sensations.

Pourtant, je distinguai un joli couple. C'était une jeune femme de qui la marche souple prouvait des membres harmonieux et une bonne santé générale. Elle faisait plaisir à voir et marchait à côté d'un galant homme, plus âgé qu'elle de vingt ans et qu'aux nuances de familiarité on reconnaissait pour un amant récent, probablement un nouveau marié.

Je suis Jean qui ne se rappelle pas ses parents.

Vers cinq heures, soudain, tout changea d'aspect... Nous vîmes les arbres nus de feuilles et les nuages décolorés. Les bêtes frissonnèrent d'angoisse de perdre le soleil et de retrouver novembre. Elles reprenaient leur éternelle songerie sur l'incertitude où elles sont de dîner le lendemain.

Les chiens, au milieu de qui je me trouvais, poussèrent de longues clameurs à voir un de leur espèce qui sortait du jardin avec ses maîtres. Mais à côté de ces furieux, les caniches, du museau, des quatre pattes et de la queue, se montraient tout sociables et ne semblaient désireux que de nouer des relations. Si beaux quand ils appartiennent à des maîtres, les caniches, en ces étroits enclos, ont l'air de gens oubliés. Je sais, dans les langues du Nord, un terme qui me touche beaucoup. Quand un homme a été trop ivrogne ou debauché, qu'il a lassé l'indulgence des siens, qu'il a perdu l'honneur enfin, il part, coupe tous ses liens, va seul dans le monde, et si quelqu'un lui dit un jour : « Mais je te reconnais ; tu es un tel de tel village ? » — « Non, répond-il, je suis Jean qui ne se rappelle pas ses parents. »

Voilà bien le vrai nom que je cherchais pour ces caniches. Ce sont des *Jean-qui-ne-se-rappelle-pas-sa parenté*. Non point qu'ils aient démérité, mais jamais ils n'eurent de famille. Ah ! qu'ils en souffrent ! Quand leurs pattes de devant tricotent si affectueusement, quand leur langue ne sait qui lécher, nul, ayant un peu la compréhension des animaux, qui ne s'attendrisse. Tant de trésors d'affection perdus, et l'âge qui vient les rendra moroses, voire leur donnera la rogne ! Une société qui n'accueille pas de pareils dévouements m'inquiète.

La nuit tombait toujours. Les singes posèrent les carottes qu'ils dévoraient en grimaçant, laissèrent reposer leurs appareils de gymnastique et même interrompirent leurs obscénités. Les oiseaux se confondaient peu à peu avec la couleur du sol, et les faisans, mieux habillés que la Vierge du Sagrario, étaient enveloppés de cette ombre qui, dans la basilique de Tolède, ne laisse point dénombrer les perles de la sainte merveille. Avec leurs buis taillés, les allées prenaient l'aspect d'un cimetière musulman. Et sur tout le jardin s'épandait le hurlement des otaries.

Longeant les roseaux trempés où glissent les canards et les sarcelles, je m'arrêtai près de la vasque de ces phoques. L'ombre la faisait pâle et tragique, comme est en plein soleil la légendaire mer Morte. Un d'eux allongé sur l'eau poussait des soupirs sinistres. Sur le rocher, quatre oiseaux du Nord, assez hauts de pattes et infiniment maigres, se profilaient : ombres bizarres, découpées sur le ciel menaçant de pluie. Dans un même sentiment, à intervalles réguliers, ces quatre bêtes silencieuses battaient des ailes ; les phoques en poussant des cris d'angoisse remontaient le rocher avec des précipitations de personnes boiteuses et se jetaient à l'eau. Leurs corps gras de malades tombant comme des cadavres mettaient un remous luisant et nous éclaboussaient. Frissonnions-nous de ces gouttes froides ou de la vie si triste de ces énormes innocents ?

Près de sortir du jardin, décidément recouvert par la nuit, je m'arrêtai pour y jeter un dernier regard... C'était maintenant une grande forêt trempée ; je n'entendais plus que des cris, des plaintes. Alors passa auprès de moi le couple que tout à l'heure, au soleil, j'avais distingué. « Ah ! disait la jeune femme, voilà ce qui m'effraie : vivre jusqu'à la fin de ma vie avec le même ami. »

Sentiment trop franc, plainte de petite fille et faite pour épouvanter un confident, car elle avoue plus de confiance que d'amour, mais parole qui témoigne des vertus du crépuscule sur tous les êtres de toute race ! C'est, dans une formule différente, l'état d'âme que révèlent ces pauvres otaries agitées autour de leur éternel rocher et ces attendrissants caniches affamés d'affection. Peuples d'exilés, esclaves, l'espace n'est pas ouvert pour eux ! Nulle fantaisie dont ils puissent interrompre le bien-être qui leur est imposé, et, de toutes parts, ils sentent des étrangers dont l'odeur offense leur race. Le cri de tous ces êtres, si confus sous ces grands arbres de novembre, un groupe d'hommes, jadis, lui donna sa forme lyrique : le chant des Juifs de Babylone, au bord des eaux courantes, c'était, du milieu des ténèbres, la même plainte d'asservis, le même mugissement.

Ah ! que le crépuscule sur un jardin a de force pour réveiller le vrai caractère de tous ces animaux et de ce cœur de femme ! Tous des nomades, ceux-là et celle-ci. Cœurs errants, imaginations qui ne veulent pas de lois, désirs debout à l'entrée du désert !

Dans le même instant, et comme le hasard continuait à me maintenir auprès de ce couple, j'entendis la réponse de l'amant à sa maîtresse : « Ce qui m'effraie, avait-elle dit, c'est l'idée que je vivrai jusqu'à la fin de ma vie avec la même personne. » Et lui, après quelques minutes de silence, la consola, en disant : « Mais non, je mourrai le premier. »

Certes, l'individu qui fit cette réponse, il le faut traiter de bêta. Et pourtant une telle réplique, qui ferait sourire au théâtre, très nettement, dans ce concours de sensibilité qu'avait organisé le crépuscule, nous assure la supréma-

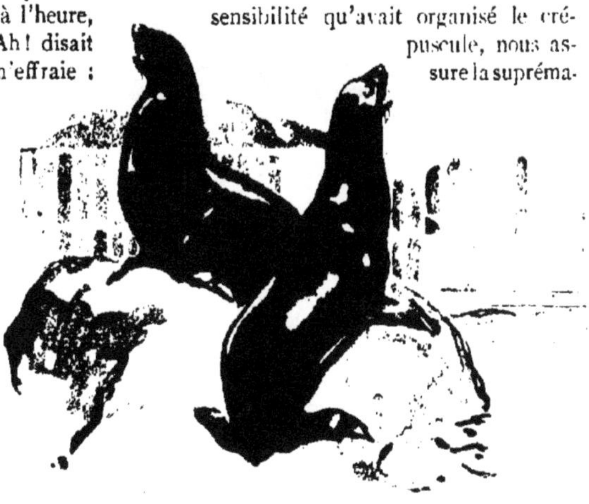

ET SUR TOUT LE JARDIN S'ÉPANDAIT LE HURLEMENT DES OTARIES.

tie. Quant à l'intensité et à l'allure dans l'expression, certes, cet homme paraît inférieur à tous ces animaux, qui si puissamment se plaignaient ; mais il trahit un affaissement de l'instinct de conservation et par là une qualité de désintéressement que ne sont pas près d'acquérir mes chers caniches, ni les otaries plus précieuses encore.

De ce parc où je vais chaque année.

Novembre 1892.

SUR LA DÉCOMPOSITION

A l'heure qu'on enterrait Gounod, je suis allé voir l'automne à Versailles. Négligeant son château sans cœur (mais, du moins, très sûr professeur de goût et qui enseigne à mépriser le trivial, les magots du Nord comme les bellâtres du Midi), j'ai donné tout le jour au plaisir d'écraser des feuilles mortes le long des jardins sublimes. Plantés à la fin du siècle dernier, ces arbres ont grandi dans l'isolement ; ils ne reçurent rien que de la nature. A peine si quelques sons du clavecin de Marie-Antoinette parvinrent jusqu'aux branchages courbés vers les fenêtres de Trianon, du temps qu'ils étaient de jeunes rameaux.

De ce parc où je vais chaque année, à même date, promener parmi les somptueuses tapisseries d'octobre des sentiments trop bigarrés, je me suis associé aux funérailles de Gounod, qui eut le don des larmes. Un jour de sa jeunesse, à Vienne, quelqu'un lui désigna une allée où Beethoven était accoutumé de se promener et, les yeux fiévreux, s'adossait toujours au même arbre, pour noter les mouvements de son génie. Gounod, dans cette allée, fit un pèlerinage. « Cet arbre ! écrivait-il ensuite, cet arbre où Beethoven s'est appuyé, qui a soutenu cette main par laquelle ont passé tant d'accents si touchants, si glorieux, si déchirants, cet arbre, pourquoi ne peut-on pas le retrouver ? » Et, par un trait qui m'enthousiasme, il s'écriait : « Cet arbre n'est-il pas *presque un frère des saints oliviers !* »

Dans ces lieux qui me font sentir la puissance d'octobre, je comprends plus fortement cette façon de sentir la vie qu'eut Gounod. Il transformait tout en émotion. Je ne parle pas de cette susceptibilité, délicieuse pourtant, d'un Andersen qui pleurait sitôt qu'il n'avait point su plaire. D'âme toujours enfantine, de tels êtres doivent être traités en petits frères par quelque gentille princesse dans une cour allemande.

ils sont malades d'un jour passé sans caresses. Mais les hommes que j'envie sont reliés à plus de choses que n'en connaît le vulgaire ; ils associent des sensations qui nous échappent. Aussi donnent-ils de la verve, du cœur et du génie à l'univers. C'est pour avoir retenu quelques parcelles de leurs indications que nous n'avons ni l'œil vitreux ni l'âme apathique des bêtes. Quand ils nous disent tout ce qu'ils entendent, ils sont les musiciens et les poètes lyriques.

Cette lumière ne vous enveloppe que dans la solitude.

Souvent les approches de la mort isolent des hommes jusqu'alors grossiers et les courbent de telle façon qu'ils entendent parler les choses. Bien que Heine souvent ait ri comme un juif, peut-être eut-il, grâce à la maladie, ce cœur qui écoute, et Maupassant, après avoir écrit des monceaux de nouvelles dénuées de véritable intérêt, communia, lui aussi, avec la nature secrète, vers le temps où il distingua sa destinée...

A cette race, qui va du Tasse jusqu'à Mme Desbordes-Valmore, Gounod était allié. Si ses moyens d'expression ne vous touchent plus, aujourd'hui que vous êtes tout à Wagner — destiné pourtant, lui aussi, à perdre peu à peu sa prise sur nous — écoutez les cris de ses lettres, de tous ses écrits, de sa conversation...

Nous adressons une prière à M. Jean Gounod, c'est qu'il réunisse les pages éparses de son illustre père...

Où j'aime Gounod, c'est avec les années, quand son ardeur prit quelque chose de plus mol et que son feu devenant une flamme vacillante, avec d'admirables lueurs, jeta des éclairs sur ces pieux objets d'art et d'amour vers quoi le vieillard tendait encore ses mains tant caressées et tremblantes.

A travers les allées de Versailles, quand je suivais de cœur le cercueil de cet enchanteur des femmes, autour de nous les feuilles tombaient en tournoyant et avec un léger bruit se couchaient où pourrir. L'émouvante journée, sous un ciel violet ! Je n'ai jamais connu d'enterrement où l'on goutât avec plus de volupté le repos des choses finies.

La solitude embellit tout. Les femmes abandonnées sont plus intéressantes que les amoureuses. Pour qu'un cercueil nous donne tout ce qu'il contient de tristesse, marchons seul dans le sillage des fleurs qui le dissimulent. Les feuilles mortes de Trianon, sous le soleil épuisé d'octobre qui péniblement parvient jusqu'à elles, sentaient le chloroforme. Car c'est bien là l'odeur qu'exhalent les matinées d'automne où la nature se chloroformise, s'endort et se meurt.

Nous arrivâmes enfin au lieu sublime, la terrasse du Grand Trianon. Sous le ciel fin du cœur de la France, des pavillons bas, des terrasses faciles et toujours trois marches de marbre dégradé. Bois dormants jusqu'à l'horizon ! et, s'allongeant sous nos yeux, un long bassin qu'emplissent les eaux jaunâtres d'octobre ! En quel endroit mieux qu'ici pourrait s'achever la destinée d'un musicien qui n'a plus qu'à restituer ses dons aux éléments ?

JE VOIS DANS LE JARDIN DE MON VOISIN UN GRAND ARBRE.

Sous cette grande cathédrale effeuillée de Versailles et des Trianons, j'écoute, je vois, je supporte tout un torrent d'indéfinissables beautés qui passe durant des heures sur moi. C'est dans le jardin du Grand Trianon, plus bas que la terrasse, à la droite et au-dessus de l'escalier qui descend au Canal, qu'est une pelouse bien faite pour accueillir un cadavre et devant notre imagination l'épurer de ses parts répugnantes. Ici, enfin, j'accepte la mort. Seul, novembre m'effraie, si noir, sans aucun désir de plaire et qui fera de la pourriture avec ces feuilles qui sous nos pas avaient un bruit de soie froissée.

Octobre 1893.

AMITIÉ POUR LES ARBRES

De la petite table où j'écris, par un coin de rideau levé, je vois, dans le jardin de mon voisin, un grand arbre, grave et patient sous la neige. Sous ce ciel bas et gris, il paraît immense ; encadré par ma fenêtre, il emplit tout l'univers. Les semaines passent ; mes idées ou mes passions que je rédige auprès de lui s'envolent en petits feuillets pour l'imprimeur, et lui aussi, à chaque saison, il a des apparences nouvelles, des manières d'être dont il se détache. Ses feuilles jonchent les allées. Côte à côte sans cesse, nous nous transformons selon notre instinct. L'admirable force que la sienne, si sûre, si paisible ! Quel modèle pour un travailleur ! Je l'aime beaucoup, d'une amitié paisible et hygiénique.

La Société contre la vivisection m'a fait l'honneur de m'inscrire parmi ses membres, et certes je suis heureux de protester avec ces messieurs contre tant d'injures faites aux bêtes. Mais les arbres, leur santé, leur beauté, voilà aussi un souci passionnant ! Les chiens, que nous vivisectons aujourd'hui par curiosité de désœuvrés, ont conclu jadis avec nos ancêtres une alliance qui permit à l'humanité de résister aux grands fauves, à ces frères singes dévorés d'envie (comme c'est encore la coutume dans notre société) contre celui qui semblait décidément les dépasser. De même les arbres nous ont logés dans leurs branchages, nourris de leurs fruits, protégés. Bêtes et arbres valent également pour nous servir.

Bien portants et tout livrés aux intrigues de notre milieu, nous pouvons aimer l'amour, la haine, l'ambition, toutes les passions, les intrigues même ! Mais viennent des fatigues, quelque dégoût, oh ! alors, avouons-le, les choses naturelles nous donnent plus de plaisir que toutes ces combinaisons de civilisés. C'est un des hommes les plus curieux et les plus renseignés sur les peuples et sur les siècles qui l'avoue : « Rien ne me semble égal aux montagnes, à la mer, aux forêts et aux fleuves », dit M. Taine. Rien dans ma mémoire ne passe en agrément un âne que je vis à Cadix sous un magnolier fleuri.

En feuilletant un atlas (et quelle distraction plus sûre ?) ma curiosité se reporte toujours vers les antiques pays d'Asie, vers les vallées caucasiennes et l'Arménie. Quelle ivresse ce serait, en dépit des scorpions cachés entre les pierres, de jouir de l'air frais du soir, à Etchemiadzin, auprès de la butte qu'on dit le tertre funéraire de Noé, et de contempler le formidable Ararat, tout blanc de neige et strié de lave noire !

« Sans les enseignements qui nous furent donnés par les Asiatiques de ces contrées, disent les géographes ; sans les métiers qu'ils nous léguèrent, sans les plantes et les fruits qu'ils nous apprirent à cultiver ; sans les amis et les aides qu'ils nous firent dans le monde animal, nous nous trouverions encore dans la barbarie la plus profonde. » Combien j'aimerais accomplir là-bas mon pèlerinage de gratitude !

Voici les régions où la bête humaine atteignit à l'humanité, conclut ses premiers grands pactes : le dressage, la culture ! Quel fervent petit livre on en rapporterait, avec des couplets, des rêveries, tout un appel à ces mystérieuses intuitions qui, parfois, nous ramènent vers les lointaines origines de notre Moi ! Avec un tour d'esprit un peu hégélien, qu'il ferait beau philosopher dans ces tristes auberges de la plaine, où gémissent seules des hyènes assise comme de gros chats sur les tombes.

Des personnes compétentes affirment que, n'était la brutalité de l'homme dans nos étables, toutes les bêtes ou presque toutes consentiraient à les habiter. Incurie

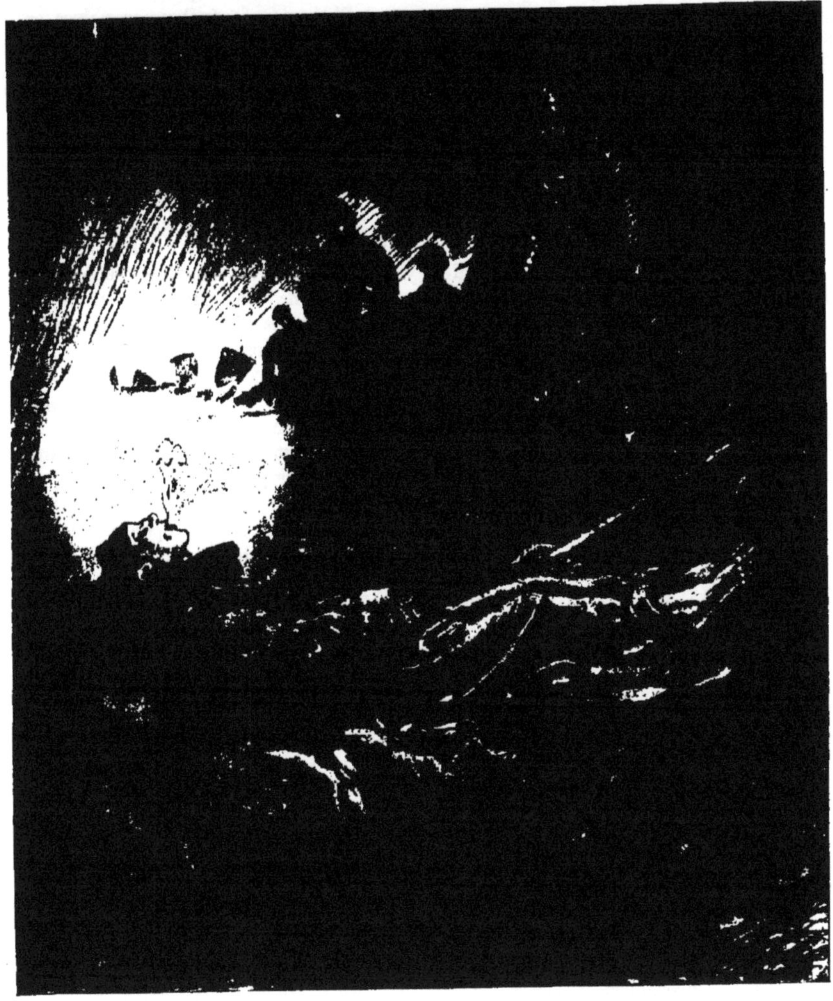

On trouva son corps intact, et sortant de sa bouche une belle fleur.

qui n'est pas moins désolante, dans les jardins du Caucase se trouvent en abondance des fleurs et des fruits jusqu'ici inutilisés et auxquels les horticulteurs donneraient facilement une saveur exquise. Pauvres plantes délaissées! Ce n'est pas seulement de leurs variétés que nous nous privons; nous négligeons aussi des ressources morales qu'elles nous offrent et que je voudrais exposer.

Les personnes sentimentales ont trop peu l'habitude de former sur les plantes des associations d'idées amicales. Pour ce qui est des bêtes, nous passons des journées à interpréter comme des témoignages de sympathie des actes qui, dans l'intention de leurs auteurs, sont tout à fait indifférents : un chien qui donne la patte ne nous témoigne pas plus d'amitié qu'une plante doucement courbée et qui embaume, qu'un cerisier qui tend ses cerises. Les uns et les autres nous font plaisir, il faut bien l'avouer, sans le savoir.

Ce malheureux Chambige, qui joignait à une imagination brillante une absolue incapacité à user des réalités, préparait un livre dont je ne sais rien que le titre, l'*Ame intransmissible*, mais où il développait évidemment que jamais deux êtres ne peuvent se connaître. Nous sommes murés dans un affreux isolement. L'essence de notre maîtresse, de notre ami, nous échappe aussi bien que le secret d'un chien ou d'un pommier. Si l'humanité a pris l'habitude d'interpréter comme des témoignages d'affection tous les services et toutes les flatteries dont nous fait jouir un bon animal, pourquoi en user avec moins de complaisance à l'égard des plantes?

En Espagne, j'ai recueilli une touchante histoire où une fleur ne montra pas moins de délicatesse que ne fit le chien de Montargis, célèbre, je crois, pour les consolations qu'il donnait à son maître. Il s'agit d'un moine qui semblait hébété. Il ne savait qu'une seule messe et la répétait tous les jours. Les enfants se moquaient de lui dans les ruelles de Tolède, parce qu'il voulait les bénir et ne trouvait pas ses termes, quoiqu'il eût le cœur plein de bons sentiments. Même des débauchés lui apprirent des expressions ordurières comme à un perroquet, et il scandalisait. Enfin les personnes pieuses, dégoûtées de lui, se réjouirent qu'il mourût, et on l'enterra vivement dans un lieu sans honneur. Mais Notre Dame apparut à l'un de ceux qui s'étaient félicités de cette mort, et ordonna qu'il fût exhumé et enseveli plus convenablement. On trouva le corps intact, et sortant de sa bouche une belle fleur embaumée!

O petite fleur aussi touchante que le chien qui lèche les mains de son maître humilié!

L'humanité s'est beaucoup privée, en ne croyant pas les plantes capables d'affection. Il fallait nous faire à leur endroit l'illusion que nous nous sommes composée sur les bêtes. Ne la possédions-nous pas dans les époques primitives, alors que l'homme dans l'univers commençait à se tirer du pair? Si je passais quelques semaines en Arménie, j'aimerais d'y déplorer l'excessive fierté où nous a conduits la civilisation issue de ces profondes plaines. C'est une formule consacrée dans les Sorbonnes, de célébrer le triomphe des « libres Hellènes » sur les « hordes de Darius et de Xerxès » comme la révélation de la dignité humaine. De là date la notion de l'individu. L'homme fut glorifié, divinisé. Je veux bien. Mais si j'allais dans ces pays, malgré tout un peu pénibles, ce ne serait pas pour y transporter mes préjugés d'école. Je me demanderais si quelque chose n'a pas sombré de cette large civilisation commençante dont la Grèce a recueilli et cultivé des parcelles. En poussant si haut la race humaine, on a laissé en arrière, opprimés et dégradés, les autres êtres. Et, pour parler plus exactement, en nous léguant un sentiment si égoïste de la qualité d'homme, on a atrophié l'imagination que nos ancêtres se faisaient de la vie universelle.

Ainsi pour ce Xerxès, tant molesté par l'opinion universitaire, je me sens un goût vif. Il possédait une puissance et une largeur de mélancolie que les Grecs et nous tous n'avons pas héritée. Certes, il se faisait de la liberté individuelle et surtout de l'égalité un sentiment que nos démocraties réprouveraient, mais il avait un sens de la fraternité des êtres qui, depuis, s'est totalement perdu. Se rappelle-t-on l'admirable anecdote que rapporte Hérodote? Traversant ces régions avec l'immense armée qu'il menait contre la Grèce, Xerxès rencontra un bel arbre, et il fut saisi de tant d'admiration et d'amour qu'il voulut lui passer aux branches ses bracelets et ses colliers. Puis il lui donna pour le servir un homme *immortel*, c'est-à-dire qu'on remplaçait de décès en décès.

Ah! la noble histoire et d'une qualité d'émotion qu'on retrouve parfois dans les sombres parcs humides des petites villes d'Allemagne, ou dans Grenade qui ne vaut que par ses ombrages merveilleux sous un ciel desséchant! Aimons les arbres.

Janvier 1893.

HAMLET EN SALM-SALM

> Le 10 septembre 1893, la petite ville de Senones, ancienne capitale de la principauté de Salm-Salm, a célébré le centenaire de sa réunion à la France.
>
> (*Les journaux.*)

J'aime ces étroits domaines, ces petites cours anémiées d'Allemagne. C'est un instant de la civilisation désormais dépassé, il faut en prendre son parti, toutefois je ne puis dédaigner leurs mérites abolis. On n'y développait pas de grandes énergies, d'âpres vertus ; mais certaines élégances et une douceur générale ne se virent que là. En art, ces petites cours exaltent le bibelot, mêlent le confort au décor ; en politique, elles tempèrent de bonhomie familiale l'exercice du pouvoir absolu. Certaines qualités superflues, mais charmantes, certains raffinements n'apparurent qu'entre ces étroites frontières où la difficulté de respirer largement formait peu à peu des plantes humaines très particulières. On vit dans ces principautés, à la fin du siècle dernier et jusqu'en 1820, des grandes dames plus cultivées que spirituelles, plus adoucies par l'esprit de famille qu'ennoblies par leur tradition de race, mais qui créèrent cet esprit romanesque allemand si gracieux et touchant dans son premier soupir et avant qu'on le vulgarisât.

Je viens de faire le tour, le très petit tour de cette principauté. Dans une étroite vallée, délicieuse de sauvagerie, je me suis arrêté à Senones, jadis capitale des princes, et qui dans leur château a installé des tissages.

Princesse de Salm-Salm ! Quel joli nom, caressant et ironique comme une chanson de Henri Heine. Evadées de leur domaine-bibelot, je les imagine aventureuses et séduisantes à la cour de Vienne, à Prague, dont leurs lettres me racontent qu'elles furent les familières ! « Ma mère me parlait souvent des princesses de Salm-Salm », me dit une vieille dame du pays. Mais la nuit a envahi toutes les images que gardaient de leurs ci-devant suzeraines les *principautois*. Elles ne deviendront même pas fées, comme c'est le droit de toute princesse oubliée. Les garçons de Senones entendent bien mal leurs plaisirs, puisque à vingt ans ils ne rêvent pas de rencontrer, au détour des sentiers, les dames trépassées de Salm-Salm, sous les sapins d'odeur enivrante.

D'elles tout est mort. Au jardin des princesses, je n'ai pas trouvé une fleur qu'elles eussent pu aimer. Dans leurs parterres on a creusé des étangs ; ils n'y mettent même point de mélancolie, car ils servent de réservoirs aux fabriques. Voilà Senones, voilà l'antique capitale de Salm-Salm devant le visiteur.

A remuer la poussière des archives, satisferons-nous mieux notre besoin de romanesque? Dans ces vieux papiers, nul roman historique, aucune aventure de passion qu'un poète puisse ranimer.

Cette famille, pourtant, fut de forte sève; on n'y avait jamais moins de douze enfants; les hommes professaient alternativement le luthérianisme ou le catholicisme romain, selon qu'avec plus de profit ils pouvaient se louer à l'un ou à l'autre parti. Mais les champs où ils bataillèrent sont demeurés des noms de villages sans gloire. Bien que durant huit siècles historiques ils se fussent agités comme pas un, ils eurent ce désagrément que leurs actes n'entraînèrent point de grandes conséquences. Les longs démêlés des seigneurs de Salm avec l'abbaye de Senones sont aussi fastidieux que les querelles de propriétaires disputant avec âpreté et mauvaise foi sur des bornages et des enclaves. Quant aux princesses, dans les lettres qu'elles orthographient comme des cuisinières, il n'est question que de provisions de saindoux et de costumes à commander aux fils. De ces rudes gens je ne pourrais rien raconter qui fût moins froid que leur épitaphe sur les dalles écussonnées.

Après trois jours passés parmi eux, les Salm-Salm devant mon souvenir ne sont pas des individus, mais une famille, et, comme on fit en 1821, l'histoire réunit tous leurs ossements dans un même charnier. De l'escalier d'honneur de leur château, on arracha la rampe pour en faire la grille qui ferme leur chapelle funéraire. Acte de philosophie, plutôt que de vandalisme. La rampe ne conduit plus nulle part, c'est la clôture d'une tombe. Hier, *Quo non ascendam!* Aujourd'hui, *Requiescant in pace*. Et de Senones comme de la plage d'Hamlet, les guides écrivent : « Elseneur, Senones, vieilles petites villes commerçantes. »

Pourquoi ce rapprochement entre ces deux bourgades lointaines s'impose-t-il à mon imagination? Parce que c'est bien une volupté de qualité hamlétique que je trouve dans l'atmosphère de l'ex-principauté. Ici, bien mieux qu'à Elseneur qui doit tout à la complaisance d'un poète, je touche un cas de cette mélancolique impuissance immortalisée par Hamlet : le trébuchement d'une race incapable d'exécuter ce que lui commande son hérédité.

A travers les huit siècles de la famille de Salm-Salm ce qui m'intéresse, m'émeut, c'est l'instant fatal, 1791, où disant eux aussi : « il y a quelque chose de pourri en Danemark », ils abandonnent leur château, leurs droits, leurs devoirs, et manquent à l'ordre des aïeux. Combien supérieure à l'anecdote d'un jeune homme qui ne sait ni épouser sa fiancée, ni venger son père, cette réelle histoire des Salm-Salm, chassés de leur principauté vers ce château d'Anholt, où ils s'abritent encore! Anholt, vaste château près d'un triste étang de Westphalie!

... Dans toute cette fin du dix-huitième siècle, les Salm-Salm avaient été harcelés de besoins d'argent. Leur correspondance inédite n'est que doléances à ce sujet. Ils s'efforçaient de tirer des subsides de l'Empereur à Vienne, et leur intendant de Senones se faisait exécrer pour ses exigences. En 1791, les Etats généraux de la principauté rédigèrent des « cahiers ». Le prince fut stupéfait. Nous avons, écrite de sa main même, sa réponse. Le style est celui qu'emploient aujourd'hui encore les écrivains « réactionnaires ». Les idées nouvelles y sont traitées de « conseils perfides qui ne tendent qu'à briser tous les liens de la subordination et à secouer l'entente légitime et salutaire pour y substituer le désordre et l'anarchie, qui sont le plus cruel fléau des gens de bien » Le prince se plaint de l'insubordination générale, du mépris qu'on montre à son autorité dans la personne de ses gardes qui, partout et à toute heure, sont insultés. On le sent débordé. Il cède sur tous les points, « même aux dépens de ses revenus ». S'il garde une certaine noblesse, c'est par l'excellent ton de sa rédaction. Mais la parfaite douceur de cet homme impuissant satisfait mal chez le descendant des « sauvages seigneurs du Rhin ». Cinq mois plus tard, le prince quittait sa principauté avec les siens et la famille de son intendant, tous hués, et peut-être en danger de mort.

Cinq mois plus tard, le prince quittait sa principauté.

Ce fut une période confuse de dix-huit mois. En 1793, pressée par la famine, et pour échapper au décret de la Convention qui interdisait l'exportation des grains, même dans les enclaves de la République, la principauté se donna à la France. Le fameux Couthon fut délégué par la Convention à Senones. La milice du prince devint la gendarmerie et l'on paya les anciennes redevances entre les mains d'un homme nouveau.

Tandis que Couthon adressait à Paris un rapport fort beau de jeune énergie et de foi, que faisait le pauvre prince Constantin, le « ci-devant tyran? » Quels impuissants pensers l'obsédaient? Ce Salm-Salm s'attardait-il à écouter la voix de ses aïeux, comme Hamlet aux remparts d'Elseneur? Je le soupçonne de n'avoir vu dans la circonstance que la perte d'un revenu (cinquante mille francs de rente environ).

La diète de Ratisbonne, plus tard, lui fit l'aumône de quelques parcelles sur la rive droite du Rhin. Napoléon le déclara membre de la Confédération germanique. En 1815, naturellement il reparut à Paris. Que n'espérait-il pas! Vers 1820, il envoyait mille francs à la commune de Senones, qui lui répondait fort poliment. En 1826, on l'expulsa de France. Le vieillard en fut étonné, car il tenait assurément son désir d'être restauré comme une preuve de dévouement à la maison de Bourbon.

Ses petits-enfants sont officiers dans l'armée allemande. Ils ont si fort délaissé leur héritage qu'ils n'en possèdent même plus les parchemins, je le sais.

A Senones, le 10 septembre 1893, j'ai vu célébrer tout à la fois la bonté des princes de Salm-Salm, les traditions locales, Couthon et la France. Quelle force admirable d'oubli, de réconciliation et d'indifférence il y a chez les petits-fils!

Cette vaillante population de Senones a toujours aimé à danser. En 1791, la princesse régnante étant accouchée d'un fils, la municipalité décidait une messe solennelle, de la musique, le son des cloches et, le soir, le bruit des boites et les illuminations. C'est le programme même du 10 septembre 1893. Nul doute que les *boites* qui servent cette fois-ci ne soient précisément celles qu'on tira pour le prince et pour Couthon.

Il est seulement fâcheux que le chef de Salm-Salm n'ait pu faire le voyage d'Anholt à Senones. Très probablement, à la droite de M. Charles Ferry, frère de M. Jules Ferry et député de la circonscription, il eût été le héros de la fête. Il aurait vu réunis dans un petit musée occasionnel des objets de famille qu'il n'aura plus l'occasion de rencontrer. Ce n'est pas, toutefois, qu'ils soient perdus : le musée de peinture d'Epinal est précisément la collection de tableaux des princes de Salm-Salm ; leur correspondance de famille, reliée en trois gros volumes, appartient à la bibliothèque de Nancy ; leurs portraits sont épars chez les revendeurs juifs de la région, et comme leurs châteaux sont utilisés par des industriels senonais, une bonne partie de leurs bibelots satisfont également des gens de goût du pays. Sous la vitrine de l'exposition, il y a un joli fusil catalogué : « Fusil d'une princesse de Salm. » En somme, tout cela légitime ce que disent les annalistes locaux : les Salm-Salm ont laissé de bons souvenirs dans la région.

Je ne sais si le lecteur apprécie ce qu'il y a d'ironie, de confusion et de haut divertissement dans la philosophie avec laquelle les intéressés interprètent successivement les événements et peu à peu mêlent les nuances, mais dans ce microcosme on peut goûter un beau témoignage de ce que valent la « justice immanente » de l'histoire et la « clairvoyance de l'opinion », et surtout on y vérifiera que le succès, c'est toujours la justice et le droit, même aux yeux des battus. Pour ma part je jouis infiniment du moindre de ces détails.

Septembre 1893.

LE REGARD SUR LA PRAIRIE

A Emile Gallé, Nancéien.

Dans cet héroïque *Parsifal*, ce qui nous forçait à pleurer, ce n'est point la souffrance d'Amfortas, son cri et ses mains amaigries, dont il presse la plaie de son pauvre cœur d'homme.

Ce n'est pas non plus l'ardeur de Gundry qui, pour séduire Parsifal, mêle à ses pleurs de femme dévêtue et passionnée le souvenir d'une mère morte de chagrin : « Mon amour t'offre, ô joie amère! l'adieu suprême de ta mère dans l'ardeur du premier baiser! » Trouble ivresse, où le remords se confond avec le désir. De son geste si mol, Gundry essuie-t-elle des pleurs, caresse-t-elle? Nous en étions tout haletants... Et pourtant ce n'est pas cela qui nous fendit le cœur.

Vint ensuite la chute des fleurs, quand s'écroule l'empire de Klingsor et le monde des vaines apparences. Qu'elle était triste et belle, cette pluie dont tout le sol apparut parfumé et fané! Vous voilà, roses, dont les plis empêchaient de dormir le jeune homme de Sybaris ; lourd *sacred lotus*, dont le rude soldat se grisa entre les seins et dans les cheveux de la reine d'Egypte ; iris des étangs et ményanthes, fleurs des lunes, corolles de dentelles qu'effeuillait la jeune Ophélie, et vous, récents hortensias! Beautés imaginaires, combien nous fûmes émus quand Parsifal rompit votre charme! C'était faire litière de tout ce qu'on voit de meilleur chez tant d'êtres élégants et fins. Mais pour persister nous trouvions de la force.

Gundry, de ses cheveux, essuya les pieds de Parsifal, et son cœur qu'elle humilie volontairement évoqua la Madeleine, de qui nous tous, enfants chrétiens, dès les premiers catéchismes, fûmes si follement amoureux.

Traits sublimes qui nous faisaient pâlir de plaisir, mais à l'orchestre, aux héros, au poète, nous disions : « Prodiguez, enfoncez votre génie plus avant dans notre cœur! Nous sommes capables de supporter encore. »

Alors ce fut notre limite : Gundry, remontant au fond de la scène, s'accouda sur la barrière et, sans parler, contempla la prairie. Immortelle minute, bénéfice qui ne saurait se perdre, point suprême où se dissipe tout notre émoi voluptueux pour que nous soyons exténués de sublime!

D'où cette paix qui contente divinement ton cœur, Gundry? A travers les siècles, quelques héros déjà la ressentirent, et, comme tu fais avec nous, la dispensèrent à l'humanité. C'est l'apaisement de Socrate dans sa prison et de Celui qui se releva au Jardin des Oliviers. Durant leur silence, l'un et l'autre qu'avaient-ils médité? Socrate, longuement, contemplait Athènes : il avait jugé qu'il ne convient pas à un citoyen de se soustraire aux lois même injustes ; il se sacrifiait à la cité. Ceux qui suivirent les yeux de Jésus les virent levés vers le ciel : il invoquait son père et se sacrifiait à la volonté divine. Mais toi, qu'as-tu distingué sur la prairie, regard de Gundry?

— Des fleurs sauvages, répond-elle, des simples et qui suivent la nature.

Dans cette prairie, nous ne voyons ni l'olivier mystique des religions, ni l'olivier des légistes. Ni une cité, ni un Dieu qui nous imposent leurs lois. Gundry n'écoute que son instinct. « Un pur, un simple qui suit son cœur », c'est le mot essentiel de Parsifal.

Cette prairie, où rien ne pousse qui soit de culture humaine, c'est la table rase des philosophes. Wagner rejette tous les vêtements, toutes les formules dont l'homme civilisé est recouvert, alourdi, déformé. Il réclame le bel être humain primitif, en qui la vie était une sève puissante. Ah! la vie, elle emportait alors chacun vers sa perfection. L'homme ne lui résistait pas. Ses actions épanouissaient les mouvements de son cœur.

Le philosophe de Bayreuth glorifie l'impulsion naturelle, la force qui nous fait agir avant même que nous l'ayons critiquée. Il exalte la fière créature supérieure à toutes les formules, ne se pliant sur aucune, mais prenant sa loi en soi-même.

Par son sacrifice, Socrate promulgue les lois de la Cité, Jésus la loi de Dieu, l'amour. Que fondent Gundry, Tannhäuser, Tristan, héros déchirants de Wagner? Les lois de l'Individu.

Une seule loi vaut : celle que nous arrachons de notre cœur sincère. Pour nous diriger dans le sens de notre perfection, nul besoin de nous conformer aux règles de la Cité ni de la Religion. Un citoyen? un fidèle? Non pas : être un individu, voilà l'enseignement de Wagner.

Mais que nul ne s'y trompe. Ce n'est point une doctrine de jouissances faciles. La culture du Moi, aussi bien que le culte de Dieu et de la Cité, exige des sacrifices.

Il ne faut pas subordonner notre propre nature à aucune autre. Il ne faut point contenter nos aspirations avec aucun objet indigne.

C'est la souffrance d'Amfortas de s'être satisfait d'une femme qui n'était pas digne d'être aimée. C'est aussi le tort du chevalier Henri Tannhauser au Venusberg ; il atteint à la perfection quand il aime Elisabeth, parce qu'elle seule pouvait lui fournir la qualité d'amour pour laquelle il était né. Et le crime de Gundry elle-même fut de contredire son Moi. Née pour la pitié, elle ricana, par orgueil, par fausse honte peut-être, sur le passage du supplicié qui gravissait le Calvaire ; elle acceptait ainsi les façons de voir de ses concitoyens : elle sera maudite jusqu'à ce qu'elle ait satisfait sa véritable nature qui est de s'humilier par amour.

Wagner enfin, cet effréné individualiste, fut-il, — comme aimeraient à le prouver les adversaires de notre religion du Moi — un jouisseur incapable de sacrifice? Référez-vous plutôt à toute sa biographie.

Il ne permit jamais à son être intérieur de se détourner de sa destinée. Pour rester fidèle à celle-ci, il sacrifia tout désir des jouissances immédiates, car il ne pouvait les acquérir qu'en soumettant ses facultés essentielles, ses instincts d'art, à des exigences déformantes : au goût du public, au sentiment du plus grand nombre. Wagner s'est détourné avec mépris du *siècle*, comme disent les mystiques. Son désir était d'un ordre à ne pas se satisfaire dans la médiocrité des réalités. Et il eut cette noblesse (à l'encontre d'Amfortas), de ne point accepter une diminution de son idéal ; sa vie en eût été empoisonnée de souffrance.

Pages du *Phédon*, récit du *Jardin des Oliviers*, qui ordonnez à l'homme de s'incliner devant les lois de la Cité, ou bien encore d'accepter la volonté divine, vous êtes les points de ralliement de l'élite humaine. Admettez sur votre sommet l'*Enchantement du Vendredi-Saint!* Le prophète de Bayreuth est venu à son heure pour discipliner ceux qui n'entendent plus les dogmes ni les codes.

Allons à Wahnfried, sur la tombe de Wagner, honorer les pressentiments d'une éthique nouvelle.

Août 1892.

NOTES

(1, page 73). M. Raoul Colonna de Cesari a recherché et trouvé les origines de Miguel Manara. Miguel Manara naquit à Séville, en 1626, de don Tomaso Manara Vincentelo de Leca, son père, et de Girolama Anfriano ou Anfrino, sa mère, tous deux Corses d'origine. Voilà une petite île qui a fourni deux fameux excitants à nos imaginations ! M. de Cesari a consulté les registres d'un certain notaire Coggia (il a bien tort de borner là son indication), et dans les preuves de noblesse que don Tomaso et son beau-frère Anfriano ont fait établir pour leur admission dans l'ordre de Calatrava en 1634, il a vu que, du côté paternel et du côté maternel, Miguel Manara appartenait à la race des Cinarchesi. Cette famille des Cinarchesi, magnifique d'énergie, d'orgueil, de férocité, répandit dans l'île des flots de sang. Le gouvernement génois, impuissant à la dominer, en fit traîtreusement assassiner quarante-deux membres. Les autres s'exilèrent et, durant tout le XVIe siècle, on les rencontre en France, en Italie, en Espagne, partout où il y a des coups d'épée. Ils étonnèrent leurs contemporains par le mépris qu'ils affichèrent toujours pour le sang des autres et pour le leur propre. Fils contre père, frère contre frère, ils se querellaient et se déchiraient entre eux quand ils n'avaient point où se ruer ailleurs. On ne s'occupe pas assez de l'histoire des familles. L'humanité fut faite par un petit nombre de maisons énergiques.

Ce qu'on sait de Miguel Manara, c'est par un mémoire visant à obtenir sa canonisation en cour romaine. Oui, depuis deux siècles, on poursuit au Vatican la canonisation de don Juan. Allez en lire à la Bibliothèque nationale, à Paris, les procès-verbaux. Ils forment deux volumes in-folio et faisaient partie d'une importante collection qu'enleva Napoléon Ier. Sur la jeunesse de don Juan, hélas ! ils ne contiennent rien, sinon qu'elle fut très orageuse. C'est à trente ans que Manara se rangea, à l'âge où dans notre société moderne un don Juan commencerait ses plus belles conquêtes.

Il me sera bien permis d'indiquer que nous avons en France un don Juan dont la biographie est autrement nourrie que celle du Sévillan : c'est Lauzun, plus tard duc de Biron, chez qui les changements à vue sont en même temps des révolutions de l'histoire. Dans sa jeunesse, sous le nom de Lauzun, il avait commencé par courir l'Europe, manger sa fortune et s'illustrer par ses succès auprès des femmes. Au milieu de ces galantes débauches, qu'il avait poursuivies jusqu'au Sénégal et dans la guerre d'Amérique, et quand il eut quarante ans, il hérita du titre de duc de Biron et devint un homme nouveau (1788). Il faudrait le suivre au Palais-Royal, dans l'intimité du duc d'Orléans, de Dumouriez, de Mirabeau, de Laclos. Des bergeries de Marie-Antoinette, le voilà passé au sombre service de la Révolution. Etape par étape, la lassitude, l'isolement, de trop certaines prévisions assombrirent cette figure, si charmante aux jours de frivolité, et, par exemple, quand il créait, dans sa folie de Montrouge, avec la duchesse de Fleury, sa maîtresse, le culte de la Lune. Il meurt sur l'échafaud. Que l'on cherche où l'on voudra, il n'est pas d'époque plus pathétique, plus irritante par la force des pensées et par la couleur sensuelle que notre France moderne, où tout fermente, où tout nous est aisé à comprendre.

(2, page 78). « Il fallait me prêter à la force enivrante qui s'exhale d'un carnage... » Qu'on se rappelle Sturel au Palais-Bourbon, lors des scandales du Panama :

« Sturel, qui voyait se faire cette déliquescence, en prenait une arrogance sous laquelle pourtant il demeurait inquiet. Il jouissait mal de ces bonheurs, car rien n'en sortait de clair. Il se mourait d'impatience. Il voulait qu'on terminât ; il appelait le coup de poignard.

« Au dernier acte d'une course en Espagne, quand l'*espada* a mal planté son épée et que, demi-assassiné, le taureau blanchit d'écume et beugle, on voit, pour en finir, le *cachetero* sauter par-dessus la barrière. Le coup de grâce ! Le couteau court et atteint la moelle : la bête tombe, lourde, foudroyée. A cette seconde, un jour, aux *toros* de Séville, près de Sturel, une belle jeune fille trouva l'un de ces gestes impurs de volupté qu'il y a dans les danses espagnoles, pour révéler par un mouvement involontaire de tout son corps, que la douleur, le plaisir, quelque chose de suprême enfin avait pénétré. L'excitation de cette longue tauromachie parlementaire empêchait, en décembre-janvier, Sturel de dormir, et dans ses longues insomnies, mêlant la jeune Espagnole en mantille, souliers de satin aux pieds et fleurs à la tête, avec Baïhaut, tout blême, qui s'embarrasse les pieds dans ses entrailles, comme un cheval éventré, et avec Rouvier congestionné, qui beugle dans le cirque, il se répétait : « Je n'aurai d'apaisement qu'après le poignard du *cachetero* coupant la moelle de la bête, achevant enfin le parlementarisme. »

(3, page 97). Nous avons effacé dans cette édition un mot irréfléchi qui diminuait injustement Paganini...

L'impression profonde donnée par le physique étrange de Paganini, les bruits mystérieux que répandaient ses adversaires, enfin l'extraordinaire effet de son jeu, firent à ce fameux virtuose une figure de sorcier. Il est né à Gênes, en 1784. Son père ayant vu ses dispositions, le brutalisa pour l'obliger à travailler plus encore et pour tirer des bénéfices de ce petit prodige. Aussi à quinze ans, après ses premières tournées de concert, il prit la fuite. Il fut accueilli dans toute l'Italie avec étonnement. A peine avait-il exécuté un de ses morceaux inouïs de concert que les artistes et les *dilettanti* étaient transportés d'enthousiasme. Paganini, il est vrai, à qui un peu de charlatanisme ne déplaisait pas, ne se faisait pas faute d'employer certains procédés matériels sans lesquels l'exécution de certains traits eût été impraticable. M. Henri Quittard, à l'article Paganini, dans la *Grande Encyclopédie*, donne sur ces charlatanismes quelques indications. Néanmoins, un grand nombre de ses compositions sont restées longtemps inabordables pour la plupart des violonistes. Il n'est pas sûr qu'aujourd'hui même certaines puissent être exécutées aisément par nos meilleurs artistes. Cette virtuosité extraordinaire est d'autant plus surprenante que Paganini fréquemment arrivait dans la salle, où il devait se faire entendre, sans avoir même répété avec l'orchestre qui allait l'accompagner, e il restait souvent des semaines entières sans toucher à son violon. Il se vantait d'avoir découvert un secret qui lui permettait et qui aurait permis à tout le monde d'arriver à ces résultats. Il se réservait, disait-il, de le révéler à sa mort. Mais il a emporté avec lui ce secret merveilleux.

Des aventures de tout genre et qui ne furent pas toujours à son honneur signalèrent la première partie de la vie de Paganini. Livré avec fureur à la passion du jeu, il lui arriva plusieurs fois de perdre tout ce qu'il possédait, jusqu'à son violon, et d'arriver dénué de tout dans la ville où il devait donner son concert. Des calomnies plus graves furent répandues sur son compte. Ses ennemis lui imputèrent des crimes. Ils assurèrent qu'à la suite d'un meurtre, un brigandage ou l'assassinat d'une maîtresse, il avait été jeté au fond d'un cachot noir. Il lui restait son fameux *guarnerius*, offert par Livron à Livourne, un soir d'extrême misère, mais un geôlier aussi inhumain que celui de Pellisson, en avait enlevé trois cordes, de peur qu'il ne se pendît en les mettant bout à bout. C'est alors que par un pacte avec le démon, celui-ci accorda au musicien le don surnaturel de jouer sur la dernière corde mieux que sur toutes, d'en tirer ces sons étranges qui bouleversaient les âmes, de trouver, sur cette unique chanterelle, un chant de trois octaves aux modulations infinies...

En réalité, Paganini souffrait d'une maladie nerveuse. Elle le minait, et cette neurasthénie l'obligeait en quelque sorte à cette existence errante et occulte, en même temps que la fièvre le décharnait.

A Londres, à Vienne, à Dublin, à Paris, à Edimbourg, en Hollande, à Prague, à Dresde, à Varsovie, à Francfort, dans toutes les cités italiennes, Lucques, Turin, Gênes, Florence, Naples, Rome, Milan, à Venise, à Trieste, dans toutes ces villes qui furent les étapes retentissantes de sa gloire, le public, hostile à l'homme sans raison déterminée, se battait à la porte des salles pour entendre le génial compositeur dont l'archet défiait la voix de la Malibran, et l'acclamait dans la frénésie de ses enthousiasmes.

Cet homme, au moyen âge, eût été brûlé vif sur la place publique comme sorcier. Il semblait d'ailleurs une créature surhumaine. Au commencement du XIXe siècle, lorsque l'on croyait évanouies, même dans le peuple des campagnes, ces superstitions barbares, il se trouvait, dans la société mondaine des grandes villes, des gens pour penser, avec bonne foi, que cet admirable virtuose était le diable en personne, Lucifer, Belzébuth, Astaroth, dont les griffes maudites promenaient l'archet sur l'instrument enchanté.

A Vienne, quand il jouait ces *Stryges* fantastiques, dont les notes surnaturelles sanglotaient, criaient, déchiraient les cœurs dans les poitrines, secouaient les chairs de frissons, emportaient les âmes et les corps dans un tel vertige de sensations que des femmes tombaient évanouies, des spectateurs virent distinctement un démon, dont la langue flamboyait, faire vibrer lui-même les cordes de ses phalanges crochues.

On commentait encore avec d'inouïes exagérations quelques détails de sa vie amoureuse ; sa retraite au fond d'un vieux château féodal de l'Ombrie, où une belle dame de vieille noblesse lui faisait une douce chaîne de ses deux bras blancs, lui inspirait le dégoût du violon, sa passion et sa vie, lui permettait tout juste de pincer de la guitare à ses pieds, comme un page des anciens temps.

On se racontait, l'imagination suppléant à l'exactitude, son ardent amour pour la princesse Elisa Bacciochi, à laquelle il dédiait sa fameuse *Scène amoureuse*, jouée sur deux cordes ; sa liaison, aux phases violentes, avec Antonia Bianchi, la célèbre cantatrice qui lui donna un fils qui vit encore, le baron Achillino Paganini.

Des légendes couraient sur lui, dans toutes ces villes où il repassait tout à coup après des absences de plusieurs années que nul ne pouvait expliquer. Sa présence provoquait une crise de curiosité d'autant plus aiguë que sa disparition avait été plus mystérieuse. Cet être impénétrable, ce talent effrayant, donnait une inquiétude vague au fond de laquelle il y avait une haine féroce qui, n'osant s'attaquer au vivant, allait se déchaîner contre le cadavre.

J'ai lu, jadis, de curieux récits de Ziem, du vieux peintre féerique de l'Orient, sur le fantastique Paganini. Et d'abord, il faut se rappeler ce qu'est Ziem, riche et puissant, mais désordonné, dans ses orientalismes de Constantinople et de Venise. « Ziem est le peintre de l'Adriatique, des fourmillements de palais, des dunes, des coupoles, des campaniles, des clochetons, des eaux teintées de rose, de bleu et de vert tendre. » (Edmond et Jules de Goncourt.) En 1838, Ziem avait dix-sept ans, quand Panganini, qui sillonnait l'Europe et apparaissait par surprise ici et là, séjourna plusieurs semaines à Dijon. Il fréquenta chez les parents de Ziem et même, par les accents angéliques de son violon, il adoucit les derniers moments de Mme Ziem. A demi terrassé déjà par la maladie qui, deux ans plus tard l'allait emporter, il se plaisait dans cette abondante Bourgogne à évoquer, durant de longues heures, sur un violon, les splendeurs de Venise, sa patrie. C'était un homme de très haute taille et décharné, se rappelle Ziem. Son profil était creusé comme un croissant dont le sommet du front et l'extrémité du nez formaient les pointes. Vraiment diabolique quand ses longs doits et le talon de son archet faisaient jaillir des cordes un éblouissement de sonorités. Le but de Paganini n'était point de faire du jeune Ziem un violoniste, mais de le renseigner sur la ville des lagunes. « Il a planté dans mon cerveau le décor de Venise », a dit le vieux peintre. Tantôt Panganini lui chantait éperdûment les splendeurs pures et la douce joie du matin à Venise ; tantôt il faisait surgir les cuivres et l'or du couchant, alors que glisse sur les eaux le tintement des cloches du moyen âge. « Son violon magique, raconte Ziem, me rendit familière Venise où je ne pouvais même point penser que j'irais quelque jour. Comment oublierais-je jamais ce qu'il m'a fait réellement voir : le disque du soleil qui s'allume à l'horizon pendant que du sein de la mer son image vient à sa rencontre ; puis la pleine lune qui apparaît ; des nuages d'un noir épais qui traversent le ciel au pas de course et qui projettent leur ombre géante sur la mer dont par place ils éteignent la splendeur. »

Quand Paganini quitta la Bourgogne, Ziem, enfiévré, ne pouvait plus tenir en place.

Deux ans plus tard, en 1840, le jeune homme était à Nice et travaillait avec un sculpteur, Alexis de Saint-Marc. Un soir, un de leurs amis, le comte de Cessoles, vint les trouver tout ému et leur apprit la mort de Paganini avec les circonstances qui l'accompagnaient. Le clergé niçois refusait l'entrée du cimetière à l'artiste génial. L'évêque prononçait une interdiction fulminante contre cet « homme, qui était le diable en personne ». Son fils, Achillino Paganini, affolé, sollicitait vainement Marseille, Gênes, Cannes, et malgré ses millions ne pouvait obtenir quelques mètres de terre pour le cadavre diabolique. Cependant le cercueil avait été déposé dans une cave de l'hôpital de Nice. La population se convainquit que la nuit les démons s'assemblaient dans les sous-sols en des rondes fantastiques. Pour conjurer le malheur que de tels hôtes allaient nécessairement attirer sur Nice, on jeta le cercueil dans une de ces immenses cuves où les fabricants d'huile entassent les débris d'olive après la pressuration.

Telle était la situation quand le comte de Cessoles vint trouver le jeune Ziem et le sculpteur Alexis de Saint-Marc, il leur donna rendez-vous à minuit dans l'endroit où débouche aujourd'hui le tunnel de Villefranche. Le lendemain, ils s'y trouvèrent tous trois, plus quatre paysans, par une nuit sans lune. Les paysans allumèrent des torches dont les lueurs fumeuses éclairèrent une cuve en pierre et ciment, large et longue de dix mètres. Le vent soufflait en tempête, les vagues qui déferlaient contre la côte couvraient les voyageurs. Ziem et son ami, armés de cordes et de longues perches, soulevèrent le cercueil et l'amenèrent au bord de la cuve. Il fut enfin placé sur un brancard et porté par les robustes paysans dans la propriété que possédait le comte de Cessoles à l'extrême pointe de la presqu'île de Saint-Jean.

En 1845, Marie-Louise, alors duchesse de Parme, fit porter le corps dans la merveilleuse villa Gajona, près de Parme, achetée par Paganini au lendemain de ses fameux concerts de Londres. En 1853, soit huit ans après, on le changea de cercueil et on répara l'embaumement qui avait été hâtivement bâclé. En 1876, on transporta Paganini de sa villa Gajona au cimetière de Parme, où sa tombe nous a frappé. La chose se fit de nuit, à la lueur des torches, dans un cortège fantastique, toute une foule étant conduite le long du Raganza, torrent aux rives escarpées, par Attila Paganini, neveu du mort. Vers 1890, le vieux baron Achillino, propre fils du mort, voulut présenter à son père le violoniste Ondricek, de Prague. Il y eut une exhumation. Plus récemment, le baron Achillino vient de faire fabriquer une nouvelle bière où l'on a déposé le maëstro dans son habit noir à demi détruit. Le chêne cachera le corps effondré, démoli, mais le visage admirable et intact restera visible à travers le globe de cristal qui vient d'être encastré dans le cercueil. Déjà la photographie a reproduit les traits de cette figure vraiment diabolique, à la bouche serrée, rentrée, sarcastique, aux joues creuses où les rides dessinent deux S profondes. On pourra désormais contempler à plaisir ce visage du diable fait musicien.

(Note de MM. Henri Quittard, Luc de Vos et Paul Desachy.)

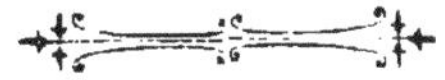

TABLE

Dédicace.. 5
Sur la mort de l'ami à qui ce livre est dédié.................. 7
Discours prononcé au Havre, square Saint-Roch, le 27 octobre 1895, pour l'inauguration d'un buste de Jules Tellier... 11

IDÉOLOGIES PASSIONNÉES

Un Amateur d'âmes.. 15
I. — L'Exaltation dans la solitude................................ 15
II. — Les Jets alternés d'Espagne.................................. 22
III. — Quand une jeune femme sent le vide de son cœur et de ses mains... 30
Les deux femmes du bourgeois de Bruges.......................... 34
Un Amour de Thulé.. 38
Le Secret merveilleux.. 43
La Haine emporte tout.. 45
La Fidélité dans le crime et la honte............................ 50
Sur la gloire... 51
L'Examen de conscience du poète.................................. 54
De la volupté dans la dévotion................................... 56

EN ESPAGNE

Excuses à Bérénice... 63
Sur la volupté de Cordoue.. 65
Les Bijoux perdus.. 68
Une Visite à don Juan.. 70
Le Page des chiens courants...................................... 73
A la pointe extrême d'Europe..................................... 78

EN ITALIE

Les Jardins de Lombardie... 85
I. — Syllabes chantantes et terrasses parfumées.................. 85
II. — Le Roman du lac de Côme...................................... 87
III. — Autour de l'Isola Bella..................................... 89
IV. — Les Colombes Borromées....................................... 91
L'Automne à Parme.. 95
Dans le sépulcre de Ravenne...................................... 98
Une Journée à Pise... 101
Les beaux contrastes de Sienne................................... 103

DANS LE NORD

Le Crépuscule chez les animaux................................... 109
Sur la décomposition... 112
Amitié pour les arbres... 114
Hamlet en Salm-Salm.. 117
Le Regard sur la prairie... 120
Notes.. 123

Il paraît un volume au commencement de chaque mois

Société anon. des Imp.
Wellhoff et Roche,
16 et 18, rue N.-Dame-d. Victoires. Tél. 316 33
Anceau, directeur.
70

www.ingramcontent.com/pod-product-compliance
Ingram Content Group UK Ltd.
Pitfield, Milton Keynes, MK11 3LW, UK
UKHW021058260726
13994UKWH00002B/570